きみは僕の夜に閃く花火だった

此見えこ

スターツ出版株式会社

「わたしといっしょに、悪いことしよう?」

そう言って笑った彼女は、僕の真っ暗な世界を照らす、花火みたいだった。

目次

第一章　帰る場所　9
第二章　ふたりの部屋　49
第三章　曇り空とひまわり　99
第四章　悪いこと　155
第五章　夏の終わり　193
第六章　花火みたいなきみに　223
あとがき　236

きみは僕の夜に閃く花火だった

第一章　帰る場所

……もうどこにも、帰る場所がない。

見知らぬ町の閑散とした駅の構内で、俺はひとり途方に暮れていた。

久しぶりに長時間歩いた足が重たい。背中は汗でぐっしょりと濡《ぬ》れていて、シャツの貼りつく感触が気持ち悪い。

時間はいつの間にか八時を回っていて、さすがに日も落ちていた。

家に帰るしかないのは、よくわかっていた。それでも今、あの家に帰るのだけは、ぜったいに嫌だった。

俺が帰らないと告げたときの、母の安堵《あんど》したような声が、まだ耳に貼りついている。

それなのにけっきょく一日でのこのこと帰ってくれば、家族からどんな顔をされるのかなんて、嫌になるほど想像がつく。

――ああ、本当に。

どうして俺は、ここまで疎《うと》まれる存在なのだろう。

家からは邪魔者として追い出され、たどり着いた先でも放り出され。

叔母の家があるこの町に着いたのは、二時間前のことだった。

夏休み初日の今朝、ボストンバッグを抱えてひとり家を出た俺は、六時間以上も電車を乗り継ぎ、半日がかりでここまでやってきた。見渡す限り山と川と田んぼしかない、この田舎町に。

ここへ行くことを俺に提案してきたのは母だった。夏休みのあいだ、田舎にある叔母の家で過ごしてきてはどうか、と。

母の意図ならよくわかっていたから、俺に反論の余地はなかった。

要は兄の受験勉強の邪魔にならないよう、俺にはどこか遠くへ行ってほしかったのだろう。

我が家は昔から、兄を中心に回っていた。

幼い頃から抜群に優秀で、今は地元でいちばんの名門高校に通っている、そして今年大学受験である、俺のひとつ上の兄を。

『こんな優秀な息子がいて、お母さん、本当に鼻が高いわ』

母はよく、そう言ってうれしそうに笑っていた。そしてそういうときの母は、いつだって兄のことしか見ていなかった。

今の我が家にとって最優先事項はそんな兄の大学受験で、それを間違っても出来損ないの弟なんかに邪魔されたくはなかったのだろう。

両親は優秀な兄へすべての期待をかけていた。弟である俺のほうはまったくだめだったので、その分もすべて。

そのことはもうよくわかっていたし、今更文句もなかった。俺と兄の埋めようもない差なら、なにより俺がいちばん理解していたから。

だから言われるがままやってきたこの町で、俺はスマホと記憶を頼りに叔母の家へ向かったのだけれど、そこで予期せぬ事態が待っていた。

叔母が家にいなかった。

わけがわからず、玄関の前に座り込んで叔母の帰りを待っていたところで、母から連絡があった。なんでも、叔母が海外旅行先から帰れなくなった、と。

『どうする？　陽《よう》。帰ってくる？』

叔母の事情はよくわからなかったけれど、どうやら一日二日帰れないという話ではないらしかった。少なくとも一週間、長ければ二週間は、今いる国から動けないという。

それなら当然、俺には家へ帰るという選択肢しかないはずだった。縁もゆかりもないこの町に、叔母以外の知り合いなんているはずがない。

だから母のその問いかけには、いやどうするってなんだ、と俺は一瞬当惑したのだけれど、そのあとですぐに察した。

ああそうか、と、針に糸が通るみたいに。

――母は、俺に、帰ってきてほしくないのだと。

「帰らない。こっちにひとり暮らしの友だちいるから、そいつの家に泊めてもらうよ」

だからとっさに、そう口が動いていた。

なにを言っているのだろうと後悔したのは一瞬あとのことだったけれど、直後に母の『あ、そうなの？』といううれしそうな声が返ってきて、もう撤回もできなくなってしまった。

――そうして叔母の家からふたたび、降り立ったこの駅までとぼとぼと戻ってきたのだけれど。

「……どうしよ」

冷房の効いた待合室にひとり座りながら、力のない呟きをこぼす。

さっきは衝動的に強がってしまったけれど、もちろん、この町に俺を泊めてくれる友だちなんているはずがない。友だちどころか、ちょっとした知り合いすら。行く当てなんて当然なかった。

「……もういいか」

考えているとどうしようもなくささくれた気分になってきて、俺は立ち上がった。

誰もいない暗いホームへ目をやる。

次にやってきた電車に乗ろう。そうしてとりあえず、もっと街のほうへ行こう。

こんな田舎町にはたぶん泊まる場所もないだろうし。とにかく一晩過ごせる場所を見つけて、そのあとのことはまたゆっくり考えればいい。

半分ぐらいやけくそになりながらそんな結論に至り、俺は改札を抜けてホームに出た。

まだそれほど遅い時間ではないのに、線路の向こうに見える町の景色は塗りつぶされたように暗い。さっきまでうるさかった蝉《せみ》の代わりに、今はカエルの鳴き声がそこから響いていた。

しばらく待っていたけれど電車がいっこうにやってこないので、ホームにある時刻表を見に行ってみた。そこではじめて見た時刻表の、そのすっからかんぶりに驚いた。上りも下りも、基本的に一時間に一本しかないらしい。

ようやく電車がやってきたのは、それからさらに二十分以上待ったあとだった。

乗り込んだ車内もガラガラで、いちばん端の席に座って真っ暗な窓の外を眺めながら揺られていると、やがて次の駅が見えてきた。さっきまでいた駅以上に小さな、木造の駅舎だった。

電車がゆっくりと減速して、止まる。

そこでふと、前の座席に座っていた女の子が立ち上がった。視界の端に映ったその姿を、なんとはなしに目で追ったときだった。

その子が肩に掛けた鞄《かばん》から、なにかが落ちるのが見えた。白い小さな布のようなものが、ぽんとシートに落ちる。

はっとして、「あの」と声を上げたけれど、彼女には届かなかった。

彼女は足を止めることなくそのまま電車を降りてしまい、俺はとっさに立ち上がった。急いで、その子がシートの上に残していったものを拾う。お守りだった。安全祈願という文字が刺繍《ししゅう》されている。それを確認してよけいに焦りながら、俺は閉まりかけたドアに身体をすべり込ませるようにして、電車を降りた。

「──あのっ」

ホームを歩いていく背中に声を投げると、驚いたようにその子がこちらを振り向く。え、と目を丸くして立ち止まった彼女のもとへ、「これ」と俺は早足に歩み寄りながら、

「落としました」

「……え」

「さっき、電車に」

そう言ってお守りを差し出せば、彼女は目を見開いた。あっ、と大きな声を上げる。

「それわたしの！」

「あ、はい」

「うわあっ、ありがとうございます！」

瞬間、ぱあっと弾けるような笑顔になった彼女が、こちらへ手を伸ばしてくる。そうして俺の手からお守りを受け取ると、大事そうに両手で包み込みながら、

「よかったあ、落としたのぜんぜん気づかなかった！　ほんとにありがとうございます、わざわざ！」

「あ……いえ」

まっすぐに目を見つめてお礼を言われ、そこではじめて、俺は彼女の顔を正面から見た。そうして彼女がなかなかかわいいことに、今更気づいた。

肩あたりまであるまっすぐな髪は少し茶色がかっていて、ぱっちりとした大きな瞳と同じ色をしている。白い肌もあわせて全体的に色素が薄く、小さな顔や長い首が垢《あか》抜《ぬ》けた印象を与えていた。

勝手ながら、田舎の女の子というのはもっと野暮ったいものかと思っていた。

「あ、えと」

気づいたら途端に照れくさくなってきて、「じゃあ、そういうことで」と早口に告げて俺が踵《きびす》を返そうとしたとき、

「えっ？　あの」

後ろで、なぜか彼女が困惑したような声を上げた。

「どこ行くんですか？」

「え」

思いがけない質問が飛んできて、俺も困惑しながら彼女のほうを振り返ると、

「どこって」

「改札こっちですよ？」

「あ……いや、また電車乗るので」

「え？」

「え？」

そこでますます困惑したように眉を寄せる彼女に、わけがわからず俺も眉を寄せていると、

「もうないですよ」

「へ」

「電車。もうないです。さっきのが、終電」

つかの間、なにを言われたのかわからなかった。

きょとんとして彼女の顔を見つめたまま、何度かまばたきをする。

「……へ？」

それから一拍置いて、間の抜けた声が喉から漏れた。

「終電？」

「終電」

「さっきのが？」

「はい」

「いや、いやいやいや」

混乱しながら、俺はスマホを取り出して時刻を見てみる。

九時四十五分。ほら。

「まだ十時前じゃん」

「そうですけど」

スマホの画面を向けながら告げた俺に、それがなんだ、という感じの相槌《あいづち》が返ってきて、

「いや、十時前に終電とかありえないでしょ」

思わず憮然《ぶぜん》として返しながら、脳裏にはさっき駅で見た時刻表がよぎっていた。

確認したのは二十一時台の電車だけだった。だけど、ああこれが終電なのか、なんてことは思わなかったから、たぶんそれが最終ではなかったはずだ。その下の二十二時台の欄にも、たしかに数字は記載されていた。

思い出し、そうだ間違いない、と確信しながら、

「さっき見た時刻表、まだ電車あったし」

「それ、快速電車じゃないですか？　この駅は快速停まらないです、残念ながら」

湧きかけた希望は、平静な声に間髪入れず沈められた。

「快速」と呆《ほう》けたように繰り返した声が、かすかに掠《かす》れる。

絶句する俺を、彼女はしばらく怪訝《けげん》そうに見つめたあとで、

「きみ、もしやこのへんの人じゃない？　……ですか？」

「……まあ」

「どの駅まで行こうとしてたんですか？」

「どの駅、というか……」

あらためて訊かれると、返事に迷った。

実際、目的の駅があるわけではない。ただなんとなく、街まで出れば泊まる場所があるだろうと思っただけで。もしこの駅の近辺にもあるのなら、困ることはないといえばなかった。

——ただ。

「あの」

「うん？」

「いちおう訊くけど、このへんにネカフェとかありますか？」

「え、なんて？　ねかふぇ？」

まるで未知の言語を聞いたかのようなその反応だけで、充分だった。

そもそも訊く前から、だいたいの予想はついていたけれど。

さっきから周りに見えているのは、どこまでも続く真っ暗な景色だけだった。かすかに遠くの山々の輪郭《りんかく》が、ぼんやりと映っている。明かりが灯っているのはこの駅のホームだけで、他に建物の明かりは見えない。こんな中に、ネカフェなんてあるわけがない。

「インターネットカフェ……あ、いや、いいです。ないよな、そんなの」

訊いたこと自体になんとなく恥ずかしくなりながら、俺が顔の前で手を振っていると、

「もしかして、今夜泊まるところを探してるってことですか？」

「……まあ、はい」

「行く当てはないんですか？」

行く当て、と思わず口の中で繰り返す。

一瞬だけ実家がよぎったけれど、またすぐに遠ざかった。

『──陽が暇そうにしてんの見てたら、なんかすげえイライラするっていうか』

兄にぶつけられた言葉が、ふいに耳の奥によみがえってくる。

夏に入って受験勉強が本格化し、兄がピリピリしはじめた頃だった。

今までは、取るに足りない存在として視界にも入っていなかったはずの弟が、急に目につくようになったらしい。すれ違いざまに舌打ちをされるだとか、ドアを閉めるとき当てつけのように大きな音を立てられるだとか、兄の俺に対する当たりがあからさまに強くなったのも、その頃だった。

両親もそれには気づいていたようだけれど、兄を止めるようなことはなかった。むしろ、今の兄にとって俺がストレスとなっているのなら、原因である俺のほうをどうにかしなければならない、と彼らは考えたようだった。

そこで俺に提案されたのが、夏休みのあいだ、県外の田舎にある叔母の家で過ごしてもらう、というものだったのだ。

『ほら、今、お兄ちゃんもちょっとピリついてるし。この家にいると、陽も息が詰まるでしょう』

言葉を選ぶようにして、慎重に俺に告げた母の表情は、今でもはっきりと覚えている。

あくまで俺を気遣うような言い方をしながら、迷惑そうな色がかすかににじんでいた、その声も。

だから頷《うなず》くしかなかった。まったく心が弾むような提案ではなかったけれど。反《はん》駁《ばく》の言葉なんて、ひとつも持ち合わせてはいなかった。

兄と違って両親になんの期待もかけられていない俺は、今のこの家に居場所がないことぐらい、もう充分すぎるほど悟っていたから。

――そう、居場所がないのだ。俺は、あの家に。

だから。

「……ない、です。行く当て」

力なく、俺が情けない言葉をこぼしてしまったときだった。

「――じゃあ、うちに来ますか？」

「へ」

「今夜泊まる場所を探していて、当てがなくて困ってるってことですよね。だったら、わたしのうちに来ませんか」

しばし、彼女がなにを言ったのかわからなかった。

鼓膜ははっきりとその声を捉えたのだけれど、意味をとっさに理解できなかった。

ぽかんとして彼女を見れば、まっすぐにこちらを見つめる目と目が合う。

暗くても、その目が真剣なのはわかった。

「わたし、ひとり暮らしなんです」

俺の反応が追いつかないうちに、彼女が重ねる。真面目な声だった。

「だから大丈夫です。行くところがないなら、うちに来てください。こっちは大丈夫なので」

……なに言ってんだ、この人。

わけがわからず、俺は心の底から困惑して彼女の顔を見つめる。

つい数分前に出会った、ただ落とし物を届けただけの男に、うちに来いって。

理解はちっとも追いつかずにいたけれど、ただひとつ、はっきりとしていたのは、

「……いや、無理でしょ」

その答えだけは、考えるより先に喉からすべり落ちていた。

もし彼女が、根っからの親切心で言ってくれているのだとしても。さすがにそれはだめだということぐらい、いくらなんでもわかる。

だって、

「いきなりそんな、名前も知らないような人の家に」

「百瀬《ももせ》まつり」

「え」

「わたしの名前。百瀬まつりっていいます。これで名前は教えました」

「あ、いや」

そういうことじゃなくて。

ちぐはぐな返答に当惑する俺に、「そういえばきみの名前はなんですか」と彼女が思い出したように訊き返してきたので、

「あ……森島《もりしま》陽、です」

つい正直に答えてしまった。

ように、と確認するように彼女は口の中で繰り返してから、

「漢字はどう書くんですか？」

「……太陽の陽」

「なるほど、了解です。陽ちゃんね」

「いや、あの、とにかく」

いきなりのちゃんづけに、突っ込んでいる余裕もなかった。なんだか急に距離を詰めてきた感じの彼女に一気に警戒心をふくらませながら、俺はあわてて言葉を継ぐ。

「俺、あなたの家には行きません。このへんでどうにか泊まる場所を探すので……」

「え、ないですよ。このへんに泊まる場所なんて」

言いかけた俺をさえぎり、彼女がきっぱりと言い切る。なに言ってんだこの人、とでもいうような怪訝な表情で。

そしてそれがうそではないのは、軽く周りを見渡しただけでも、嫌になるほどわかってしまう。

「探しても無駄足になるだけなので、それよりうちに来たほうがいいですよ」

思わず言葉に詰まった俺に、畳みかけるように彼女が重ねてくる。

「野宿よりぜったい、わたしのうちのほうが快適です。ふかふかのお布団あるし、アイスも常備してあるし。バニラにチョコにシャーベット。食べ放題です。ね、最高じゃないですか？　最高ですよね。ね、どうですか」

「いや、どうもこうも」

真剣な顔で熱くプレゼンしてくる彼女に、なんだかもう警戒心に加えて恐怖まで這《は》い上がってくる。

かわいい女の子から家においでと誘われているなんて、一般的に見ればおいしい状況なのかもしれないけれど。実際されてみると、ただただ怪しい。意味がわからなすぎて、ひたすら困惑するしかない。

「無理ですって。会ったばかりの人の家に行くとか、さすがに」

「なんでですか。アイスもあるのに」

「いやなんでって」

ずいっとこちらへ一歩歩み寄ってきた彼女を、思わず避けるように後ずさったときだった。

「……あ、もしかして」俺の仕草を見た彼女が、ふとなにか思い当たったように、

「警戒してます？　わたしのこと」

「……そりゃまあ」

「大丈夫です、わたし、あの、そういうのじゃないので！」

そこで急に、彼女は俺が考えていることに思い当たったらしい。ぶんぶんと顔の前で手を振りながら、「あのっ、その」と途端にしどろもどろな調子になって、

「そういう、逆ナン的な、そういうことしてるわけじゃないので！」

「……え、違うの？」

「違います！　そういう、なんていうか、下心があって誘っているわけではなく！　わたしはただ、きみに頼みたいことがあって！」

「頼みたいこと？」

はい、と少し顔を赤くしながら頷いた彼女は、そこで気を取り直すように一度息を吐いた。そうしてまた、まっすぐに俺の顔を見つめると、

「──復讐がしたいんです、わたし」

「……はい？」

「その復讐に、協力してほしくて。それできみを家に呼んでいます」

聞き違えようもないほど、その声ははっきりと鼓膜を揺らした。

だけどまた、意味を捉えるのには少し、時間がかかった。

「……復讐？」

急に出てきた物騒な単語に、訊き返す声がちょっと上擦る。

とっさに反応の仕方がわからず、俺はしばし無言で彼女の顔を見つめてしまったけれど、

「だからなんていうか、等価交換的なことです」

彼女はそんな俺を置いて、さっさと話を進めていた。

「わたしは行くところのないきみに泊まる場所を与える代わりに、きみはわたしの復讐に協力してもらう。そういう、いわば契約的な？　そういうことを持ちかけています、きみに」

至極真面目な表情で説明する彼女の顔を、俺はただ見つめていた。

冗談を言っているわけではないのは、彼女の表情からも声のトーンからもわかった。

——復讐。等価交換。契約。

彼女の口にした単語を頭の中で繰り返す。

「……いや、待って」

そうして理解が追いつくと同時に、困惑の声がこぼれていた。

「なんでそれを、俺に」

ついさっき出会ったばかりの、友だちでもなんでもない、赤の他人である俺に。

どうしてそんな大層なことを、いきなり頼もうとしているのか。

理由を説明されてもやっぱり意味がわからなくて、俺が当惑していると、

「きみがいいんです」

ふいに迷いのない声で彼女が言い切って、一瞬心臓が跳ねた。

え、と声がこぼれる。

彼女の顔を見ると、まっすぐにこちらを見つめる強い目と視線がぶつかった。

どこまでも真剣なその目に、俺が思わず息が詰めたとき、

「この町の人間じゃない、部外者であるきみが適任なんです。だから、お願いします。きみに来てほしいんです」

きみに、の部分を強調して彼女が重ねる。

俺はすっかり困惑して、そんな彼女の顔を見つめていた。

彼女の意図はわからなかった。ただ切実さだけはこれ以上ないほど伝わってきて、なんだかしだいにどうすればいいのかわからなくなってくる。

——きみがいいんです。

ついさっき言われた台詞《せりふ》が、また耳の奥で響く。

そのひどくストレートな物言いに、思いがけなく心が揺さぶられてしまったのは気づいていた。

無能で、ずっと兄と比較されるたび『だめなほう』と言われてきて、今も実家からも叔母の家からも放り出され、もうこの世界のどこにも居場所がないような、そんな絶望的な気分になっていた今の俺には。

「……わかり、ました」

――どうしようもなく、刺さってしまった。

「ほんとに!?」

揺さぶられるまま気づけばこぼれていた返答に、彼女がぱっと顔を輝かせる。

誰に復讐するのか、どんな方法で復讐するのか。肝心なところをなにも確認していないことに気づいたのは一瞬あとのことだったけれど、彼女の心底うれしそうな笑顔を見たらまた息が詰まって、けっきょくなにも言えなかった。

「よし、じゃあうちに行きましょう！　こっちです！」

そう言って弾む足取りでさっさと歩きだした彼女の後ろを、流されるようについていくことしか。

駅を出ると、予想どおり、街灯のない真っ暗な道がどこまでも続いていた。

よく見えないけれど、どうやら周りには田んぼが広がっているらしい。洪水のようなカエルの合唱が、右からも左からも響いてくる。

少し先にあるものすらはっきりとつかめないような暗さだったけれど、彼女のほうはまったく迷いのない足取りで進みながら、

「ねえ、そういえばきみって高校生ですか？」

「あ、はい」

思い出したように訊かれ、「高二です」と俺が頷けば、

「お、そっかそっか。どこから来たの？」

そこでたぶん俺が年上ではないことがわかったのだろう。答えを聞くなり彼女は口調を親しげなものに変えて、質問を続けた。

その切り替えようにちょっと面食らいながらも、俺が地元の地名を答えると、

「うわっ、めっちゃ都会だ！　すごい！　やっぱり都会っ子だったんだね、きみ。いや、最初見たときからなんとなくそんな感じはしてたけど！」

「言うほど都会でも」

突っ込みかけてから、やっぱり思い直してのみ込んだ。地元はただの地方都市だけれど、たしかにここに比べればだいぶ都会だとは思ったので。

すごいすごいと興奮気味にまくし立てていた彼女は、そこでふとこちらを振り向いて、

「え、そんな都会からこんなど田舎まで、はるばるなにしに来たの？」

心底不思議そうに訊かれ、少しだけ、なんと返そうか迷った。

適当なことを言ってごまかしておこうかとも一瞬思った。けれどどうせそんな深く関わることもない相手だろうし、べつにそんな必要もないような気もした。

……いいか、べつに。

数秒逡巡《しゅんじゅん》した末、けっきょく適当な言い訳を考えるのも面倒になって、俺は正直に話した。

兄が勉強に集中できるよう厄介《やっかい》払いされたこと。叔母の家に居候させてもらう予定だったが、直前でそれが難しくなり、行く当てがなくなったこと。今日はもう時間が遅かったので、一晩過ごせそうな場所を探していたこと。

我ながら情けない内容に、話しながらしだいに語尾が小さくなっていった俺に、

「じゃあ夏休みのあいだ、ずっとこっちにいる予定ってこと？」

「まあ、最初はその予定だったけど」

叔母の家に行けなくなった以上、それはもう難しいのはわかっていた。お金もないし、どんなに嫌でも実家に帰るしか今の俺に選択肢はない。

ということを、俺が力なく返そうとしたとき、

「そっかそっか。じゃあ夏休みのあいだ、陽ちゃんはずっとうちにいられるってことだね！」

彼女がうれしそうにそんなことを言い出して、え、と声が漏れた。

「い、いや、さすがにそれは」

「だって陽ちゃん、実家には帰りたくないんでしょ？」

「そりゃまあ……」

「だったらずっとうちにいればいいよ！　ね！」

にこにこと笑いながら迷いなく言い切る彼女に、思わず言葉に詰まってしまう。

——ずっと彼女の家にいる。実家に、帰らなくてもいい。

突然目の前に差し出されたその選択肢が、どうしようもなく魅力的に映ってしまって。

「陽ちゃんには長い期間いてもらったほうが、わたしの復讐もじっくりやれるし」

俺が黙ったあいだに、彼女は楽しそうに物騒な言葉を継いでいて、そうだった、と俺はそこでつかの間意識から消えていたことを思い出す。

復讐。俺が彼女の家へ呼ばれているのは、それに協力するためだった。

「あの」

「うん？」

「その復讐っていうのは、なにを」

「あ、くわしい内容は、うちに着いてからゆっくり説明するから。ちょっと待っててね」

訊ねかけた質問を、彼女は笑顔でさらっとさえぎった。

もったいぶったその反応に、またじわりと不安が込み上げてくる。

彼女のまっすぐな目と言葉に、さっきはうっかり流されてしまったけれど。

復讐なんて、どう考えても穏やかな単語ではない。

しかも彼女はさっき言っていた。俺が協力者に適している理由について、『この町の人間ではない、部外者だから』と。

……それは、この町の住人に顔を知られている人間だとまずいということだろうか。もしくは、しばらくすればまたこの町からいなくなる人間だから都合がいいということなのか。

どちらにしてもなんとなく危ない匂いがして、今更、頷いてしまったことに猛烈な後悔が湧いてくる。半ばやけくそにはなっていたけれど、さすがに犯罪に巻き込まれるようなことは勘弁したかった。

だいいち、俺は彼女のことをなにも知らない。教えてもらったのは名前とひとり暮らしをしているということだけで、それ以外はなにも。顔立ちや、Tシャツにショートパンツという服装からは同い年ぐらいに見えるけれど。……そういえばいくつなのだろう。

「あの」

「まつり」

「え？」

ふと気になって話しかけようとしたら、重なるようにぼそっと不機嫌な声が返ってきた。驚いて訊き返すと、彼女はじとっとした目でこちらを見て、

「名前教えたでしょ。さっきから、あの、とかばっかりでぜんぜん呼んでくれないから」

「あ、じゃあ、まつりさん」

「呼び捨てのほうがいいなあ」

「まつり？」

「はい、なんでしょう」

「まつりは、高校生ですか」

そうだよ、と彼女はちょっと機嫌を直したように頷いて、

「高三だよ。だから陽ちゃんも敬語やめようね。たかが一歳差だし、敬語だとなんか堅苦しくてしゃべりにくいし」

そんな会話を交わしているうちに、彼女が住んでいるというアパートが見えてきた。

二階建ての、小ぎれいなアパートだった。

彼女は一階のいちばん手前のドアの前で足を止めると、俺のほうを振り向いて、

「ここだよ。わたしの家」

そう言って笑った彼女を見たときには、道中じわじわと膨らんでいた後悔が、頂点に達していた。

「あ……あのさ」

「うん？」

この部屋に入ってしまったら、もう後戻りはできない気がした。

やっぱり無理だ、とそこであらためて思う。

素性もわからない女の子の部屋にのこのこ上がって、さらによくわからない復讐計画に加担するなんて。一度頷いてここまで着いてきたのに今更断るのは申し訳ないけれど、だからといって背に腹は代えられない。いくらなんでも、犯罪には巻き込まれたくない。

そう思って、俺は勢いよく頭を下げた。「ごめん！」と声を上げながら。

「へ？　なにが……」

「やっぱり無理です」

「え」

「復讐に協力するの。一回頷いたのに今更、ごめん」

さすがに申し訳なくて頭を下げたままでいると、彼女はしばし不意を打たれたように黙っていた。

「あ……そっか」

それから短い沈黙のあと、彼女の小さな声が後頭部に降ってくる。怒られるだろうと思っていたけれど、反応は思いのほか落ち着いていた。

「わかった」と彼女は穏やかに頷いてから、

「でもせっかくここまで来てくれたんだし、せめて上がってよ。疲れただろうし、お茶ぐらい飲んでいって。ね」

「え、いや、それは」

あわてて首を横に振ろうとした俺にかまわず、彼女が鍵を開けてドアノブを引いたので、

「いいよ、それは悪いし。俺もう行くから」

おかまいなく、と告げてさっさと踵を返そうとしたときだった。

いきなり腕をつかまれたかと思うと、ぐいっと思いきり引っ張られた。

驚いて振り向いたときには、もう遅かった。突然のことによろめいた身体は、引っ張られるまま、彼女といっしょに開いたドアの向こうへ押し込まれていた。

音を立ててドアが閉まると同時に、センサーライトらしい玄関の電気がぱっと灯る。

「……え？　は？」

一瞬、なにが起こったのかわからなかった。

間の抜けた声を漏らしながら、俺は目の前に立つ彼女を見る。

直後、なぜか驚くほど眼前に迫っていた彼女が、視界を埋めた。「うわあっ」という素《す》っ頓狂《とんきょう》な声といっしょに。

「な」

バランスを崩して思わずのけ反った俺の身体に、そのまま彼女が勢いよく倒れ込んでくる。

踏ん張る間もなかった。容赦《ようしゃ》なく全体重をかけられた身体は、支えきれずぐらりとバランスを崩す。視界が回る。倒れる、と察して目を瞑《つぶ》ったときには、背中が硬い床にぶつかっていた。

「った……」

「うわ！」

俺が痛みに顔を歪《ゆが》めるのと、耳元で上擦った声が響くのは同時だった。

「ご、ごめん！」

目を開けると、彼女の顔が目の前にあった。床に倒れ込む俺の上に、なぜか彼女がのしかかっている。蛍光灯を背負ったその薄暗い顔は吐息が触れるほど近く、瞬間、息が止まった。

呆然《ぼうぜん》と硬直する俺の上で、彼女はあわてたように上半身を起こすと、

「靴踏んですべっちゃった。ごめんね！」

言われてようやく、俺は状況を理解した。

足元のほうを見れば、狭いたたきにスニーカーやサンダルが足の踏み場もないほど散乱している。

「大丈夫？」

突然の事態にまだ反応が追いつかずにいるあいだに、彼女は俺の上から立ち上がると、

「どうしよう、頭とか打った？　どっか痛い？」

「……だ、大丈夫」

混乱が抜けないまま返した声は、ちょっと掠れた。実際、したたかに打ちつけた背中はなかなか痛かったけれど、それどころではなかった。

「ほんとごめんね」

そんな俺に、彼女はさすがに申し訳なさそうな表情で手を差し出しながら、

「どうしても陽ちゃんを家に引っ張り込みたかったもんで。ちょっと手荒なことしちゃいました」

「……いや、ほんとに」

　正直、襲われるのかと思った。一瞬命の危機すら感じた。

　まだばくばくと暴れている心臓を押さえながら、とりあえず俺も彼女の手を借りて立ち上がる。

　そのとき、ガチャリと彼女が後ろ手に鍵を閉める音がした。

「え」やけに冷たく響いた金属音に、思わずぎょっとして彼女のほうを見ると、

「ね、ほら、いいからとりあえず上がってよ。お詫《わ》びにお茶も出すし。ね、部屋でゆっくり話そ？　ね？」

　手のひらを廊下のほうへ向け、彼女が促してくる。

　そんな彼女を見ながら、なんだかもう、俺は諦《あきら》めが湧いてくるのを感じた。

　とりあえず上がるもなにも、すでに玄関に引っ張り込まれて、鍵まで閉められているのだけども。

　ここまでするほど彼女が本気なのと、たぶんなにを言っても諦める気なんてないのは、よくわかったから。

「……わかった」

　けっきょく駅のときと同じように、俺は乾いた声で頷いて、靴を脱ぐ。

　どうせ行く当てもない身なのだ。もうどうにでもなれ、と半ば投げやりに思いなが

ら。

短い廊下の先に、十畳ほどの洋室があった。

床には水色のラグマットが敷かれ、その上に丸い木製テーブルがある。ベッドとその真向かいにテレビ、あとはいくつかのカラーボックスが置かれたその部屋は、玄関のたたきに負けないぐらい散らかっていた。

テーブルの上には化粧水やヘアアイロンなどが無造作に並んでいて、ベッドの上には、服が脱いだままのような状態で散らばっている。床には、雑誌が積み上げられたりもしていた。

「ごめんねー、ちょっと散らかってるけど」

言いながら、彼女はテーブルの前にあったハンドバッグや雑誌を横にどけてスペースを作ると、「はい、ここにどうぞ」と俺を呼んだ。

促されるまま、おずおずと指定された場所に座る。そのあいだに、彼女はテーブルの上の化粧水やらを脇に寄せて、

「ちょっと待っててね。お茶持ってくるから」

と言い置いてから、慌ただしくキッチンのほうへ歩いていった。

ひとり残された俺は、なんとなく落ち着かない気分で、つい部屋をきょろきょろと

見渡してしまう。

はじめて入る、女子のひとり暮らしの部屋だった。

正直もっときれいなものかと思っていたので、その雑然ぶりにはちょっと面食らったけれど、それでもラグマットと色を合わせたらしいカーテンやベッドカバーなど、全体的に寒色系で統一された内装はおしゃれで、なんだかそわそわした。しかもちょっと、いい匂いがする。

眺めているうちにだんだん目のやり場に困ってきて、意味もなく視線を漂わせていたら、

「ごめんねー、ちょうどいろいろ切らしてて麦茶しかなかったよ」

キッチンから戻ってきた彼女が、そう言ってガラスのコップをふたつテーブルに置いた。そうして俺の向かい側に座りながら、

「明日、ジュースとかコーヒーとかいろいろ買ってくるね。陽ちゃんはなにが好き?」

「いや、べつになんでも……」

「あ、ていうか明日いっしょに買い物行こっか！　この町の案内もしたいし。これから一ヵ月過ごしてもらう町だもん、いろいろ教えておいたほうがいいよね」

さらっと確定事項のように言ってくる彼女に、俺がとっさに返す言葉を探しあぐねていると、

「うんうん、そうしよ。これから陽ちゃんには、いろいろやってもらうこともあるかもだし」

「……やってもらうこと？」

嫌な予感を覚えながら訊き返すと、うん、と彼女は笑顔で頷いて、

「あ、大丈夫！　復讐っていってもそんな、犯罪的なことは考えてないから」

なんとなく察してはいたけれど、彼女はやはり復讐への協力を諦めてはいなかったらしい。さっき俺が断ったことなんてなかったかのように、「あのね、相手はね」と当たり前のように復讐計画の説明をはじめていた。

「わたしの元カレなの。一ヵ月ぐらい付き合ってて、二週間ぐらい前に別れたんだけどね。それで今、その彼への復讐計画を練ってるところで」

「え？　待った」

なんだかだいぶ大事なところをすっ飛ばされた気がして、思わず口を挟む。

それでって。

「えっと、つまり、浮気でもされて別れたってこと？」

「え、べつに？」

頭の中を整理するように訊ねてみると、彼女は不思議そうに即答した。けれどそのあとで、「あ、いや？」と彼女はふとなにかに気づいたように片眉を上げて、

「浮気といえば浮気してたか？」

「なんだそれ」

「彼さ、わたしと別れたあとすぐに違う子と付き合ってたもん。乗り換えたってことだから、つまりこれ、浮気みたいなものだよね？」

「……いや、なんで」

真顔で訊ねてくる彼女に、乾いた声がこぼれる。

「ちゃんとまつりと別れたあとに付き合ったんなら、べつに浮気ではないだろ」

「そう？」

「そうだよ」

怪訝な顔で訊き返してくる彼女に頷きながら、どうして俺は顔も名前も知らない男を擁護《ようご》しているのだろう、なんてぼんやり思う。

だけど話を聞いている限り、相手の男はたぶん、そこまで悪いことはしていない。これで復讐されるほど恨まれるのは、さすがに気の毒な気がした。しかも俺は、その復讐に協力させられようとしている。

「でも許せなくない？　一回好きって言ってきたくせに、あっさり心変わりしたんだよ。薄情でしょ、薄情だよね？」

「だよね、と言われても」

許せないというわりには軽い調子で同意を求めてくる彼女に、困惑して呟く。

……要は、振られたけれど彼女はまだその元カレのことが好きで、諦めきれない、ということだろうか。復讐がしたいというより、最終的には新しい彼女と別れさせて、たぶんよりを戻したいのだろう。

熱弁する彼女を見ながら、俺がそんな推論に至っていたら、

「あ、べつに今の彼女と別れさせたいとか、それでまたわたしと付き合ってほしいとか、そんなことまではぜんぜん思ってないんだよ。ただ腹立つから、ちょっと悔しがらせたいというか、そのために陽ちゃんに協力してもらえたらなって」

「悔しがらせる？」

うん、と相槌を打った彼女が、俺の顔をじっと見てくる。

「別れた彼女に、新しくかっこいい彼氏ができてたらさ、悔しいものでしょ」

「……うん？」

「だから陽ちゃんに、わたしの彼氏役になってもらってさ」

「は」

「それで彼に、陽ちゃんといっしょにいるところを見せつけてやろう、みたいな」

「え、いや、ちょ」

そこでようやく彼女の言う〝協力〟の意味に気づいた俺は、ぎょっとした。

「シティボーイ」

「え、なんて?」

「だって陽ちゃん、なんといってもシティボーイだし」

彼女の謎の自信に困惑しながら、いや無理だって、と俺が繰り返そうとしたら、
曇りのない目で俺を見つめながら、なぜか力強く言い切ってみせる。

「いやいや、充分だよ。陽ちゃんならばっちりだよ」

だけどまつりは、いまいちそのへんの感覚がずれているのか、
の人生で、一度も女子からの黄色い歓声を浴びた経験なんてない。

自分の容姿が並なことぐらい、十六年生きてきたのだから理解している。これまで
「イケメン度が」

「なに、足りないって」

「いや無理だって。俺じゃ足りないって」

「陽ちゃん、イケメンだよ。シュッとしてるし」

「だってそういうのって、イケメンじゃないと意味ないやつじゃん」

「なんで」

「そういうことなら、俺じゃぜったい無理だろ」

「ちょっと待った」彼女の言葉をさえぎり、あわてて声を上げる。

まつりは真面目な顔で繰り返してから、

「この町の高校生はね、都会の子ってだけで無条件にちょっと萎縮《いしゅく》しちゃうもんなの。とくに、わたしの元カレみたいなチャラついた男は。だからね、ばっちり。この役は陽ちゃんが適役なの。陽ちゃんにしかできないの」

「……そういうもん？」

「そういうもんなの」

首を捻《ひね》る俺に迷いなく断言してから、「ね、だから」と彼女はまた軽くこちらへ身を乗り出してくる。

「協力してよ。代わりにわたしは、夏休みのあいだ陽ちゃんを家に住まわせてあげるから。これで陽ちゃん、嫌な実家に帰らなくていいんだよ。どうよ、ウィンウィンでしょ？　どう考えてもそうすべきじゃない？　ね？」

「ウィンウィン……」

「そう、ウィンウィン」

あまりにまっすぐな彼女の目を見ていたら、なんだかもう、そうかもしれないような気がしてきた。

たしかに俺は、家に帰りたくない。そこをこの子が、自分の家にいていいと言ってくれている。

最初はわけがわからなかったその理由も、今はなんとなく理解した。

つまり彼女が惹《ひ》かれたのは、ただ、俺の都会住みというステータスにだったのだろう。

彼女にそれを利用させる代わりに、俺はこの家に住まわせてもらう。

そう考えてみれば、とくにおかしな点はないような気がした。べつに夏休み中ずっとではなく、あくまで彼女の復讐が完了するまで、ならば。それぐらいのあいだなら。

「……わかった」

――少しぐらい、現実から逃げていても、いいような気がした。

「協力する」

「ほんとにっ⁉」

「だから」

ぱっと目を輝かせた彼女の顔を、俺もまっすぐに見つめ返しながら、

「……それまで、ちょっとだけ、居候させてください」

口に出す手前でかすかに躊躇《ちゅうちょ》して、声が少し強張ってしまった。

けれど、「おっけー！」とあいかわらずの軽さで返ってきた彼女の返事に、すぐにふっと身体の力が抜けた。

「よかったー！」

彼女は本当にうれしそうに、そして安堵したように笑いながら、

「陽ちゃん、なかなか頷いてくれないもんだから。どうしようかと思っちゃった。よかった、じゃああらためて、これからよろしくね、陽ちゃん！」

「うん。……よろしく、お願いします」

差し出された彼女の手を、ちょっと緊張しながらおずおずと握る。するとすぐに、ぎゅっと強い力で握り返された。それになんだか少し、安堵している自分に気づく。

にこにこと笑う彼女の肩越しに、壁に掛けられた時計が見える。木目調のシンプルな時計は、もうすぐ十二時を回ろうとするところだった。

おそらく俺の人生で過去最高に慌ただしかった一日が、ようやく、終わろうとしていた。

第二章　ふたりの部屋

じゅう、となにかが焼けるような音で、目が覚めた。

薄く目を開けた俺は、しばし、自分がどこにいるのかわからなかった。

クリーム色の壁、青いカーテン、丸い木製のローテーブル。見覚えのない部屋に朝日がやわらかく差し込んでいるのをぼんやりと眺めてから、数秒遅れて脳が覚醒《かくせい》する。

怒涛《どとう》だった昨日の記憶が、一気によみがえってくる。

俺は布団の上で身体を起こすと、ベッドのほうを見た。

昨夜、『わたしが床に寝るから陽ちゃんはベッドを使って』と言い張るまつりとしばらく押し問答をした末、どうにか彼女が使うことで了承してもらったそのベッド。

そこに、すでに彼女の姿はなかった。

時計に目をやれば、七時を少し過ぎたところだった。

昨日はあまりよく眠れなかったからか、なんとなく身体がだるい。床に敷いた布団が硬くて身体になじまなかったのと、なにより、はじめての女子と同じ空間で寝ているという状況に緊張してしまったせいで。

まつりの姿を探して部屋を見渡していると、廊下のほうから、なにかが焼けるいい匂いが漂ってきた。引き寄せられるように立ち上がり、そちらへ歩いていく。

まつりは、そこにいた。Tシャツにハーフパンツという寝間着姿のままキッチンに立ち、フライパンでなにかを焼いている。

俺に気づくと、彼女は菜箸《さいばし》を手にこちらを振り向いて、

「うわ、おはよう陽ちゃん。早起きだね」

とちょっと驚いたように笑った。

「そっちこそ」と俺が返せば、

「朝ごはん、もうすぐできるから。向こうでもうちょっと待っててね」

そう言われたので、素直にその言葉に従い部屋に戻った。

朝日に照らされた室内は、なんとなく昨日とは少し違って見える。物が多くて散らかっているのと、なんだかそわそわと落ち着かない気分になるのは変わらないけれど。

とりあえず床に敷いてもらっていた布団を片付けていると、彼女も部屋に戻ってきた。

「お待たせー」

言いながら、持ってきた皿をふたつローテーブルに置く。

そこに載っていたのは、卵だった。それだけはわかったけれど、なんという料理なのかはとっさに思い当たらなかった。

ケチャップがかかっているので一瞬オムレツに見えたけれど、オムレツにしては形がまとまっていない。ボロボロと崩れた状態で、皿一面に半熟状の卵が広がっている。

その不思議な料理を、俺が思わずじっと眺めていたら、

「いやー、オムレツ作りたかったんだけどね。失敗しちゃって、途中でスクランブルエッグに変更しました」

「スクランブルエッグ……」

言われてみれば、たしかにそれらしき形状ではある。だけどなぜだか、あまりスクランブルエッグに見えない。俺の記憶にあるそれとは、なにかが微妙に違う。

なんだろう、と思わず首を捻っていた俺に、まつりは「さ、食べよ」とバターロールの載った皿も並べながら、

「これ陽ちゃんの分ね」

「あ、ありがと」

「じゃあ、いただきまーす」

「……いただきます」

戸惑いながらも食べてみれば、見た目の違和感どおり、味や食感も俺の記憶にあるスクランブルエッグとは微妙に違った。ふわふわ感がなくて、味もどことなく素っ気ない。

とはいえ作ってもらった側なので、もちろんなにも指摘せずに食べていたのだけれど、

「あれ？　スクランブルエッグってこんなんだっけ。なんか味違くない？」

まつりも食べながら同じことを思ったようで、怪訝そうな顔で首を捻っていた。

箸でつまんだ卵をじっと眺めながら、

「なんでだろ。スクランブルエッグって、ただ卵かき混ぜて焼くだけだよね？」

「いや、なんか味はつけるんじゃないっけ？」

小学校の調理実習で作ったことがあったので、おぼろげな記憶はあった。とりあえず焼く前に、卵になにか入れていたことぐらいは覚えている。

そうだ、たしか、

「塩とか砂糖とか牛乳とか、あ、あとマヨネーズとか」

「そうなの!?」

遠い記憶を引き出しながら言ってみると、まつりは驚いたように目を丸くした。

「そんなに!?　わたし、卵焼くだけでいいのかと思ってた」

「作ったのはじめてなの？」

「うん。いつもは朝、パンしか食べないから。でも今日は陽ちゃんいるし、せめてものおもてなしの気持ちとして作ってみたんだけど……」

ごめんね、とうなだれながら、まつりは俺の前にあるスクランブルエッグの皿を自分のほうへ引き寄せる。

「めっちゃ失敗しちゃった。不味《まず》いし、無理しなくていいよ。残りはこれ、わたしがぜんぶ食べるね」

「え、なんで」

俺は眉を寄せると、勝手に持っていかれた皿をまた自分のほうへ引き寄せる。

「食べたいんすけど」

「へ」

「べつにそんな不味くないし、めっちゃ腹も減ってるし」

思えば昨日は、電車の中で昼食のおにぎりを食べたきり、なにも食べていない。あれからいろいろありすぎたせいで、空腹すら抜け落ちていた。

それが今、目の前に食べものが並んだ途端に、胃が痛むぐらいの勢いで襲ってきている。正直今なら、多少の不味さは気にならなかった。

「……ほんとに？」

「うん。食べさせて」

戸惑ったように訊き返してくる彼女から皿を返してもらい、俺はそのひどくシンプルな味のスクランブルエッグを、また黙々と食べはじめる。

まつりはそんな俺の姿をじっと見つめていたけれど、やがて我に返ったように、自分も食事を再開した。

「——ああ、そうだ。昨日話しそびれちゃったんだけど」

それからしばし無言で食事をしたあとだった。まつりがふと思い出したように顔を上げると、

「ちょっと、同居にあたってルールを決めておきましょう」

「ルール？」

「うん」

まつりはあらたまった様子でいったん箸を置いてから、「まず」と俺の顔を見る。

「陽ちゃんがこの家で暮らしてることは、周りには秘密にすること。いちおうこのアパート、単身用で同居禁止なので」

「ああ」

それはそうだろうな、と思ったのでなにも訊かずに相槌だけ打った。高校生の男女が同居なんて、まあどう考えてもだめだろうし。

……ばれたらどうなるんだろう。たとえばまつりの親とかに。

ふと頭の隅をそんな懸念がよぎって、ちょっと怖くなっていたら、

「ふたつめ。陽ちゃんは、わたしより先に寝ないこと」

「……へ？　なにそれ」

今度はわけがわからないルールが続いて、眉根を寄せながら彼女の顔を見た。

「どういうこと？」

「そのままの意味だよ。夜、陽ちゃんにはわたしが寝るまで、わたしのおしゃべりに付き合ってもらいます」

なんだそれ、と思ったけれど、そういえば昨夜もそうだったなと思い出す。明日なにする？　だとか、どこ行く？　だとか、とりとめもなく話しかけてくるまつりに相槌を打っているうちに、気づけば彼女のほうが先に寝落ちしていた。

おかげで、俺のほうはなかなか寝つけなかったのだ。すぐ横のベッドから聞えてくる寝息を、否応なく意識させられたせいで。

「もし陽ちゃんが先に寝てたら起こすからね」

「マジか」

「あと、みっつめ」

「まだあんの？」

「これがいちばん大事だよ」

まつりは真面目な顔でそう前置きをしてから、

「好きにはならないこと」

「……ん？」

「お互いのこと、恋愛的な意味で好きになったり、そういう感じの関係にはならないこと」

「……あ、はい」

今度はけっこうガチな感じのルールが出てきて、俺はなんとなく居住まいを正した。

「約束します」とつい真面目なトーンで返してしまう。

「俺からは、まつりに指一本触れたりしないので。そこは安心してもらって……」

「まあ、そこまで厳しくはしなくていいと思うけど。でも恋愛的な感じになっちゃうと、トラブルとかも出てくるかもしれないし。いっしょに暮らすのが気まずくなったりさ。それで陽ちゃんが早々に出ていっちゃったりしたら嫌だから」

「ああ、そういう理由」

もちろん異論はなかったので、「約束します」と俺はもう一度繰り返しておいた。

「まつりのこと、好きにはなりません」

「はい。わたしも陽ちゃんのこと、好きにはなりません」

あらためてきっぱりと宣言されると、なんだか少し、微妙な気持ちにはなってしまったけれど。

「……あ、そうだ。そういやさ」

「うん？」

ルールという単語が出てきたことで、俺はふと昨日困ったことを思い出す。お風呂に入る前、脱いだ服をどうすべきかと洗面所でしばらく迷って、とりあえずビニール袋に入れたことを。

「このへん、コインランドリーとかある？」

「へ、なんで？」

「や、俺の洗濯物を持っていこうかと」

言うと、まつりは心の底からきょとんとした顔でまばたきをして、

「うち洗濯機あるよ？」

「でも、いっしょに洗うと嫌かなと」

「え、陽ちゃん、わたしのといっしょに洗われたら嫌？」

なぜかショックを受けたような表情で訊き返され、「あ、いやいや」と俺はあわてて首を横に振る。

「俺じゃなくて、まつりが嫌かなって」

「わたしはぜんぜん嫌じゃないよ。嫌とか、そんなの考えたこともなかった」

思いがけないことを言われて驚いたような顔で、まつりはきっぱりと言い切ると、

「そういうことなら、気にせずうちの洗濯機で洗ってね。だいいち、近くにコインランドリーなんてないし」

「ないんだ」

「そんな都会的なもののあるように見える？　このへんに」

そう訊かれるとそれだけで、「たしかに」と納得せざるを得なかった。

「――あ、そうそう」

それからしばらくしてお互いの皿が空になり、食器を片付けようと俺が立ち上がりかけたときだった。まつりがまた、ふと思い出したように口を開いて、

「今日わたしね、お昼からバイトだから」

「え、バイトしてんの」

「うん、お弁当屋さんで。お弁当いくつか持って帰れるから、陽ちゃんの分ももらってくるね。晩ごはんはそれにしよ。六時には帰ってこれると思うから、待っててね」

俺は皿に伸ばしかけた手を止めると、まつりの顔を見た。

「まつりって」

「うん？」

「今、高三なんだよな？」

訊ねてみると、まつりはきょとんとした顔で俺を見た。「そうだよ」とちょっと語尾を上げた調子で頷く。

「なんで？」

「いや、今年受験じゃないのかなって」

受験は夏休みが勝負だということは、散々兄に聞かされていた。当然兄はバイトな

んてしていないし、それどころか友だちと遊ぶのもテレビを観るのもやめて、毎日必死に机に向かっている。一分一秒すら、無駄な使い方はしたくないという様子で。

それに比べると、同じ高三のはずのまつりは、だいぶのんびりしているように見えた。思えば昨日も、彼女はずいぶん遅い時間まで出歩いていたようだし。

つい不思議に思って訊ねてしまうと、ああ、とすぐにまつりは納得したように相槌を打って、

「わたしね、大学は行かないんだ。高校卒業したら就職するの。就職先ももう決まってるし」

「え、どこに？」

「農協」

はじめて聞く単語だった。

「のうきょう？」どういう漢字を書くのかもわからず、俺が訊き返すと、

「農業協同組合」

「農業？　え、農家になるってこと？」

「や、違う違う」

驚く俺に、まつりはおかしそうに首を横に振ってから、

「農業関連の仕事ってだけで、するのはふつうに事務仕事だよ。制服着た事務員。

「そっかあ、都会の子は農協って知らないんだねえ」

しみじみと呟きながら、テーブルの上の皿やコップをまとめて流しに運んだ。

片付けを終えると、昨日言っていたとおり、ふたりで買い物に出かけた。

先にまつりが外に出て、周りに誰もいないことを確認してから、俺もこそこそと外に出る。

時間は九時過ぎだったけれど、外はすでに日差しが眩《まぶ》しかった。むっとする熱気と湿気が、顔を覆う。

昨日は暗くてよくわからなかったアパートの周りは、真っ青な稲穂の揺れる田んぼと、まばらに建つ民家があった。

見渡してみても、人の姿は見えない。民家はどれもしんと静まり返っていて、どこからも人の声がしない。代わりに蝉の鳴き声はうるさいほど、あちこちから響いてくる。

最初に降り立った叔母の住む町よりも、今いるこの町のほうが、もう一段階ぐらい田舎に見えた。

車もぜんぜん通らないので、右にも左にも田んぼが広がる道のど真ん中を、ふたり並んで歩んだ。

「まつりがバイトしてる弁当屋さんって、この近くにあるの」

進んでもお店らしき建物がいっこうに見えてこない平坦な景色に、俺がふと気になって訊ねてみると、

「ううん、隣の市だよ。電車で通ってる」

「え、わざわざ」

「このあたりで高校生がバイトできる場所なんてなかったから。仕方なく」

「なんでバイトしてんの？」

なにも考えず訊ねてしまったあとで、変な質問だったとすぐに後悔した。

バイトをする理由なんて、お金が欲しいから以外ないだろうに。

恥ずかしくなって、「あ、いや」と俺があわてて質問を取り下げようとしたら、

「暇だったから」

それより先に、まつりから答えが返ってきた。予想とは少し違った答えだった。

「ほら、わたしもう就活も終わったし。バイトでもしなきゃ暇でしょうがなかったんだよ。学校の友だちはみんな受験組だから、今ぜんぜん遊べないしさ」

「……え、まつりの高校って進学校？」

友だちはみんな受験組、という部分がふと引っかかって訊ねてみると、

「そうだよー。瀧坂《たきさか》高校って知ってる？」

「瀧坂!?」

　さらっとすごい高校名が出てきて、思わず大きな声が出た。

「え、え、なに」目を丸くして彼女のほうを見る。

「まつりって、瀧坂通ってんの？」

「まあねー。すごいでしょ」

　ドヤ顔は鼻についたけれど、実際、間違いなくすごいのでなにも言えなかった。

　高校にはあまりくわしくない俺でも、瀧坂高校の名前は知っている。地元からは遠いけれど、それでもしばしば名前を聞くぐらいの名門校だった。このあたりの公立高校としては、トップクラスの偏差値を誇っているとかで。

「え、なに、じゃあまつりって頭いいの？」

　驚きすぎて、またそんな変な質問をしてしまった俺に、「なにそれ」とまつりはおかしそうに笑って、

「そりゃまあ、瀧坂に通える程度には？」

「なのに、大学には行かないのか？」

　その質問も、深く考えるより先に喉からすべり出てしまっていた。

　そしてまた、訊ねたあとで後悔した。無神経な質問だったかもしれないと、すぐに気づいて。大学に行かない事情なんていろいろあるだろうし、決して明るいものとは

限らないだろうに。

「ごめん」と俺はまたあわてて質問を取り下げようとしたけれど、

「うん。もともと大学は、行かないって決めてたから」

思いがけなくさらっとした調子で、まつりからはすぐに答えが返ってきた。なんの湿っぽさもない、あっけらかんとした声だった。

「瀧坂にもただ行きたかったから行っただけで、大学受験はしないって最初から決めてたの」

「……え、なんで」

よくわからない返答に、ついまた怪訝な声がこぼれてしまう。

瀧坂高校は、まぎれもない進学校だ。それぐらいは知っている。有名大学への進学者数を、毎年大々的にアピールしているのをよく見かける。そういう学校を選ぶのは、当然、進学希望者ばかりだと思っていたから。

「大学受験しないのに、なんで瀧坂に行きたかったの」

「名門校だから」

質問に、まつりからはあいかわらず明快な答えがすぐに返ってくる。

「このあたりでランクの高い高校っていったら、瀧坂ぐらいしかなかったもん。だから選んだだけ。大学はぜんぜん、昔から行きたいと思ってなかったから。それより早く農協で働きたかったし」

「農協……」

「うん」

彼女の答えはとても単純でわかりやすいのだけれど、俺はいまいちピンとこなかった。

大学に行く気はないけれど、ただランクの高い高校に行きたかっただけ。もちろん彼女がそう言うのならそうなのだろうし、その気持ちもわからなくはないけれど。だけど瀧坂に行けるだけの学力があるならたぶん大学もそれなりのところに行けるのだろうし、勝手ながら、もったいないなあ、なんて感じてしまう。

俺なんて、とくにやりたいことがあるわけでもいい大学に行けそうな学力があるわけでもないのに、それでもとりあえずどこかの大学には行くのだろうと、なんとなく当たり前のように考えていたのに。

やっぱり金銭的な事情なのだろうか。頭の隅でちらっと考え、だけど、ともすぐに思う。

それにしては、彼女の住んでいたアパートはきれいだった。ワンルームだけど広かったし、築年数もまだ浅そうだった。台所に食洗器がついていたり浴室に冷暖房がついていたり、設備は充実していて、なんとなく家賃が安くはなさそうなアパートだった。部屋には雑貨や本など物も多かったし、少なくとも、生活に困窮しているふうには見えなかった。

もちろんただの想像だし、見えている部分だけでわかるものでもないのだろうけれど。

そこまで考えたところで、ふと思う。そもそも、と、とても根本的なところを。

——そもそも彼女は、どうして、ひとり暮らしをしているのだろう。

十分ほど歩いたところに、スーパーはあった。

『スーパーまつした』という名前のこじんまりとしたそのお店が、この町にある唯一のスーパーなのだとまつりは言った。

「みんなここに買い物に来るから、だいたい知り合いに会っちゃうんだよねぇ」

苦笑しながら彼女は店に入ると、入り口のところに置かれていた買い物かごを手に取る。それから迷いのない足取りで店内を進むと、インスタント食品の並ぶ棚の前で足を止めた。

「はい、陽ちゃん」

「え？」

「好きなの選んでいいよ。買ったげる」

言いながら、まつりはさっさと自分の分を選んでカゴに入れていた。あらかじめ買うものは決めていたのか、まったく迷いのない速さで、カップラーメンやうどんをぽいぽいと放り込んでいく彼女に、

「え、待った」

「ん？」

「それいつ食べんの？」

大量のインスタント食品で埋まっていくカゴの中に、俺が驚きながら訊ねると、

「え、お昼ごはんとか晩ごはんとか。バイトがない日とかお弁当もらえなかった日の晩ごはんは、基本これ」

きょとんとした顔で、彼女は当たり前のように返した。

「基本？」訊き返す声がちょっと上擦る。

「なにそれ、どんぐらいの頻度で？」

「週に三日ぐらいかな」

「週三で晩ごはんこれ？」

「うん。今ね、インスタント食品も種類豊富だからぜんぜん飽きないんだよ」

なぜかドヤ顔で答えるまつりの横顔を、俺は唖然として見つめていた。

「え、待って」垣間見えてしまった彼女の食生活に、また上擦った声がこぼれる。

「料理はしないの？」

「しない」

即答だった。そしてそれが本当だというのは、今朝彼女が作ったスクランブルエッグを思い出せば、すぐにわかった。

「わたし、料理苦手なんだよね」

彼女はちょっと恥ずかしそうに苦笑して、

「おいしく作れないし、ひとり分作るのって面倒くさいし。それに、けっきょくいつも食材とか使い切れなくて捨てることになっちゃって。それなら出来合いのもの買ったほうが、ずっと楽だしおいしいし」

「いや、そうかもしれないけどさ」

「あ、もしかして陽ちゃん、インスタントだめな人？」

「いやいや、俺はいいんだけど」

俺のことはどうでもいい。どうせ彼女の家にいるのは短いあいだだけだし、居候の身だし。心配になったのは、まつりの食生活だった。

週三で晩ごはんがカップ麺って。しかもそれ以外の日は、弁当屋さんの弁当って。

明らかに身体によくない気がしたけれど、だからといって、『たまには料理しろよ』なんて俺が言えるわけでもなかった。彼女には彼女の事情があるのだろうし、俺はただの居候だし。

そもそも俺だって、料理をしているわけではない。ただ実家にいれば母が毎日ごはんを作ってくれるから、それを食べられているというだけで。えらそうなことを言えるような立場ではないのはわかっていた。

そこまで考えたところで、ふと思い至る。そうだ、まつりにはそれがいないのだ、と今更なことに。

ごはんを作ってくれる家族がいない。ひとり暮らしをしているというのは、そういうことだった。

「陽ちゃん選ばないの？」

「あ、うん、俺はなんでも……」

「じゃあわたし適当に買ったから、これを適当に食べてね。次行くよー」

てきぱきと言ってまつりはインスタント食品売り場を離れると、慣れた足取りで奥へと向かった。

次に彼女が足を止めたのは、茶碗《ちゃわん》やコップなどがずらりと並ぶ棚の前だった。

「スーパーなのに食器とかも売ってるんだ」

地元ではあまり見慣れない光景に、俺がちょっと驚いていると、

「この町にある唯一のスーパーだからね。たいていのものはここでそろうよ」

「なるほど」

たしかに食料品だけではなく、奥のほうには衣料品なども並んでいるのが見える。この町の住人は、この店で基本的な日用品をそろえているのだろう。

「陽ちゃん、食器、好きなの選んでいいよ」

「え？」

「とりあえずお茶碗とマグカップと、あとは大きめのお皿がひとつあればいいかなあ。足りない分は、またそのつど買い足していくとして」

「え、なに、俺が使う皿ってこと？」

そうだよ、とまつりは棚を眺めながら当たり前のように頷いて、

「うち、ひとり分の食器しかないもん。陽ちゃんの分は買わなきゃ」

「いやいいよ、そんなわざわざ。どうせ短いあいだだし……」

「あっ、見てこれ！」

断りかけた俺をさえぎり、まつりが棚のほうを指さして声を上げる。

見ると、赤と白のボーダー柄のマグカップだった。隣には青と白の色違いのものもある。まつりは赤色のほうを手に取って、「これかわいい」と顔をほころばせると、

「ねえ陽ちゃん、色違いでこれ買おうよ」

「まつりのも？」

「うん。かわいいからわたしも欲しくなっちゃった」

「それならまつりの分をひとつだけ買って、俺はまつりが今使ってる古いやつを使えば」

「せっかくだし、おそろいのもの使いたいんだよー」

提案しかけた俺をまたさえぎり、まつりが軽く唇を尖《とが》らせる。わかってないなあ、というような、ちょっとあきれた調子で。

「おそろい……」

呆けたように、俺は思わずその言葉を繰り返してしまう。

さっきは、お互い好きにならないこと、だとかドライなルールを決めたくせに。

困惑する俺にかまわず、まつりはさっさとマグカップをふたつカゴに入れると、

「あー、なんかこうして眺めてると、お茶碗とかもそろえたくなるなあ。色違いでかわいいやついろいろあるし」

なんて呟きながら腰をかがめ、ノリノリで茶碗まで物色しはじめた。

けっきょく、まつりの趣味でマグカップと茶碗に、大きめの取り皿が選ばれた。どれもふたつずつ、色違いでまつりの分も。

どう考えても無駄な出費な気がしたので、しばらく反対していたのだけれど、「おそろいがいいの！」という彼女の謎の熱量に最終的には負けてしまった。

一気に重くなったカゴを提げて次に移動したのは、飲み物コーナーだった。

「好きなの選んでいいよ」とそこでまたまつりに促され、俺がずらりと並ぶペットボトルを眺めている横で、まつりはきょろきょろと店内を見渡していた。なんとなく落ち着かない様子で、なにかを探すように。

みんなここに買い物に来るから、たいがい知り合いに会う。入店したときに彼女が言っていた言葉を思い出し、もしかして誰か会いたくない人でもいるのだろうか、とぼんやり考えたとき、

「——あ、元カレ？」

「へ？」

ふっと浮かんだ言葉が、そのまま口からこぼれていた。

きょとんとしてこちらを振り向いた彼女に、

「いや、なんかさっきからきょろきょろしてるから。うっかり元カレに会わないか、心配してんのかなって」

言ったあとで、いやでも、まつりは元カレに俺を会わせたがっているんだっけ？とも思う。新しい彼氏ができたことを元カレに見せつけるため、俺はここにいるんだった、そういえば。じゃあ、むしろ会いたいのか？

そんなことをひとり考えていたら、「え、べつに？」とまつりは軽く首を傾げて、

「元カレに会うのはどうでもいいんだけど、でもたぶん、彼とここで会うことはないよ。あの人、このへんには住んでないもん」

「あ、そうなん？」

「うん、隣町の人だから」

「……なあ、そういえばさ」

「うん？」

　そこでふと、さっき彼女から聞いた話を思い出した俺は、嫌な予感を覚えつつ訊いてみれば、彼女からはあっさりと肯定が返ってきた。

「その元カレってさ、まさか瀧坂生？」

「あ、うん。そうだよ」

　え、と顔が思いきり強張るのがわかる。

「瀧坂生なの？」

「うん。同級生」

「じゃあ無理じゃん」

「なにが？」

「俺で悔しがらせるとか」

　天下の瀧坂生相手に、都会住みという一点のみで太刀打ちできるわけがない。俺が通っている高校の偏差値なんて、間違いなく瀧坂より十以上は低い。

「え、大丈夫だよ、ぜんぜん」

愕然とする俺に、だけどまつりのほうはなぜか自信満々に笑ってみせ、

「陽ちゃん、シティボーイだもん」

「いやそれしかないじゃん、俺なんて」

「それがいちばんでかいんだよ、田舎の高校生には」

「……そうなん？」

「そうなんです」

本当だろうか、と俺が首を捻っているあいだに、まつりはさっさと何本かのペットボトルをカゴに入れ、「さ、行こっ」と今度はレジのほうへ歩きだした。

居候させてもらっていることだし、これぐらいは俺が払うべきかと思ってレジでお金を出そうとしたら、まつりには断固拒否された。

「いいからいいから」財布を取り出そうとする俺の手を、彼女は存外に強い力で押しとどめながら、

「ここはお姉さんに払わせなさいって。わたしお金持ちなんだから」

「お金持ちなん？」

「そりゃ実家太いし、バイトもしてるからねー」

実家太いのか。さらっと告げられた部分が気になりつつ、レジ前であまり押し問答するのも恥ずかしかったので、けっきょくそこは早めに折れた。まつりが譲りそうもないのはわかったし、お金については、最後出ていくときに諸々まとめて渡せばいいかと思った。

家に帰ると、時間は十時半を少し回ったところだった。まつりはバイトのため、十一時過ぎには家を出なければならないらしい。帰って早々、俺たちは早めのお昼ごはんとして、さっき買ってきたカップラーメンを食べた。

食べ終えると、まつりはゆったりとしたベージュのワンピースから白いカットソーとデニムのスカートに着替えて、

「じゃあ行ってくるね。六時には帰ってこれると思うから。鍵置いてくから、どこか出かけるなら気をつけて行ってきてね。まあこのへんなんにもないけど。くれぐれも迷子にはならないように」

親みたいな顔と口調で俺にそう言い置いてから、彼女はバイトへ出かけていった。

部屋にひとり残された俺は、ふうと息を吐いて、なんとなく足を伸ばしてみる。開いた窓のほうから、犬の鳴き声が聞こえてくる。それとあいかわらずうるさい、蝉の声も。

部屋は少し暑かったけれど、我慢できないほどではなかったので、窓を開けたままにしておいた。冷房は遠慮せずじゃんじゃん使ってね、とまつりは言ってくれていたけれど、なんとなくひとりでいるときに電気代を使うのは憚《はばか》られた。

どこか出かけようかとも思ったけれど、この町ではまだスーパーぐらいしか知らない。当てもなくぶらぶらと散歩をするには、今の日差しは少し強すぎた。

仕方なく、俺は持ってきたボストンバッグから数学の問題集を取り出すと、ローテーブルの上に広げた。高校から出されている宿題だった。夏休み早々に宿題に手をつけるなんて生まれてはじめてのことだったけれど、他にやることもないので仕方ない。

よし、と気合を入れて問題集に向かいはじめたはいいものの、けっきょく、三十分も経たないうちに集中力が切れた。頭が働かなくなってきたのを自覚した俺は、さっさと諦めてシャーペンを置く。そうして頬杖《ほおづえ》をつくと、なんとはなしに部屋を眺めてみた。

落ち着かない。

やっぱりこの部屋がよくないのだ、とぼんやり思う。女子の部屋というものに耐性がなさすぎて、いるだけでどうにも息が詰まってしまう。

近くに図書館とかないだろうか。まつりが帰ってきたら訊いてみよう。この部屋ではたぶん、宿題がいっこうに進まない。

そんなことを考えてからふと、そもそも俺はいつまでここにいるのだろう、と疑問もよぎる。

復讐が完了するまで、と決めてはいるけれど、その復讐はいったいいつやるつもりなのだろう。

今日になってからまだ一度も、まつりは復讐に関する話題を口にしていない。計画を練ったりしなくていいのだろうか。見知らぬ男を部屋に住まわせてまで復讐したいほどの相手なら、早く取り掛かりたいのではないだろうか。彼女がやりたいのは新しい彼氏として俺を元カレに見せつけることらしいので、たぶん、やろうと思えばすぐにでもやれそうなのに。

考えながら、俺は手持ち無沙汰にスマホを取り出す。

親からの連絡はなにも来ていない。まあ昨日やり取りしたしそんなものか、と思いながらゲームをはじめてみたけれど、けっきょくそれも三十分も経たないうちに飽きた。

時計を見ると、まだ二時を少し過ぎたところだった。だめだ、と思う。

暇だ。とてつもなく。

けっきょく、あまりの暇さに耐えかねた俺は、やっぱり近くをちょっと散歩してみることにした。

スマホと鍵だけを持って立ち上がり、部屋を出る。そうして玄関に向かおうとしたところで、ふとキッチンが目に留まった。

雑然とした彼女の部屋に比べ、そこだけは物が少なく、きれいだった。だけど片付けられているというより、いかにも普段使われていないという感じのきれいさだった。

料理はまったくしないと言っていたまつりの言葉は、きっと本当なのだろう。

大量のインスタント食品を迷うことなくカゴに放り込んでいた彼女の姿が、そこでふと瞼《まぶた》の裏に浮かんだ。

言っていたとおり、六時過ぎにまつりは帰ってきた。

玄関のドアが開く音がしたので、俺はなんとはなしに出迎えに行って、「おかえり」と言ってみた。とくになにも考えることなく、本当に何気なくやったことだったのだけれど、

「えっ、あ、た……ただいま！」

彼女は一瞬面食らったように目を見開いてから、あわてたように大きな声で返した。

状況を理解するのに、少し時間がかかったみたいだった。一拍置いてから、彼女はぱっとうれしそうな笑顔になると、

「陽ちゃんなんのお弁当が好きかわかんなかったから、適当にもらってきたよー」

言いながら、ぶら提げていたビニール袋をこちらへ差し出してきた。見ると、中にはふたつのお弁当が入っていて、

「男の子はやっぱりお肉なのかなと思って、唐揚げと生姜焼《しょうが》き！　どっちがいい？　陽ちゃん選んでいいよ」

どちらもおいしそうでしばらく真剣に悩んだ末、俺は唐揚げ弁当を選んだ。

まつりは洗面所で部屋着に着替えてから、また部屋に戻ってきた。

「あれ」

そこではじめて気づいたように、彼女はベッドの上に目を留めて声を上げる。

彼女がなにに気づいたのかはすぐに察して、俺が少し緊張に身体を強張らせていたら、

「洗濯物、取り込んでくれたんだね」

「あー、うん。ごめん」

思わず謝ると、まつりはきょとんとした顔でこちらを見た。

「なんで謝るの？」と首を傾げる。

「いや、嫌だったかなと」

「なにが？」

「俺に洗濯物触られるの」

本当はまつりが帰ってくるまで待つつもりだった。だけど彼女が帰ってくる前に夕立があって、さすがにベランダに干された洗濯物をそのままにしておくわけにもいかなくなったのだ。

当然ながら中にはまつりの下着もあったので、極力見ないように目を逸《そ》らしつつ、指先でつまむようにして取り込んだのだけれど、

「え、ぜんぜん嫌じゃないよ？　むしろありがとう」

まつりのほうは俺がなにを気にしているのかよくわかっていない様子で、不思議そうにお礼を言ってくる。「ああ、でもそっかあ」それからふとなにかに気づいたように、顔をほころばせると、

「陽ちゃんが家にいるってことは、突然雨が降りだしても洗濯物取り込んでもらえるってことなんだね。助かるなあ」

呟いたまつりの笑顔が本当にうれしそうで、とりあえず俺も心底ほっとした。

ローテーブルで向かい合ってお弁当を食べながら、今日はなにをしていたのかとまつりに訊かれたので、

「数学の宿題と散歩」

「散歩？　どこに行ったの？」

「アパートの周り歩いただけ。なんもなかったけど」

わかっていたことではあったけれど、田んぼと民家しかなかった。もう少し先まで行けばなにかあったのかもしれないけれど、あまり離れると帰り道がわからなくなりそうでやめた。このあたりの景色はどこも平坦で、なんだか同じように見えてしまうから。

「あ、そうだった」

そこでふと彼女に訊きたかったことを思い出し、俺は顔を上げると、

「このへんにさ、図書館とかある？」

「あるよ。ちょっと遠いけど」

「歩いていける？」

「うーん、ちょっと厳しいかなあ。行きたいの？」

頷くと、「じゃあ自転車貸してあげる」とまつりは言った。

遠いけれど道順はわかりやすく、アパートの前の道をまっすぐ右へ進んで、国道沿いに出たあとはひたすら北へ進めば着く、とのことだった。聞いているとひとりでもたどり着けそうだったので、明日自転車を借りて行ってみることにした。

「ね、そういえば陽ちゃんって、なんのお弁当が好き？」

会話が途切れたところで、ふと思い出したようにまつりが訊いてきて、

「明日もバイト先からお弁当もらってくるけど、せっかくなら陽ちゃんの好きなのもらってきてあげる。なにがいい？」

「なにがあんの？」

「オーソドックスなやつはだいたいあるよ。えーと、まずのり弁でしょ、それに幕の内、ハンバーグ、かつ丼……」

指を折りながらお弁当の種類をひととおり羅列してくれた彼女に、「じゃあハンバーグ」と、つい流れで返しかけてから、

「……あのさ」

思い直して、顔を上げた。まつりの顔を見る。

「うん？」

「まつり、いつも晩ごはんはここのお弁当なんだよな？」

「そうだよ。なんで？」

軽く首を傾げ、不思議そうに訊き返してくる彼女に、「いや……」と俺はちょっと言いよどむ。次の言葉を口にする手前で急に恥ずかしさが込み上げてきたけれど、ここまで言って今更やめるわけにもいかず、

「あ、あのさ」

「うん」

「……俺が、作ろうか。ごはん」

え、と声を上げたまつりの手が、ぴたりと止まる。

「作る？」

そうしてじっと俺の顔を見つめながら、短くまばたきをすると、

「陽ちゃんが？」

「うん」

「ごはんを？」

「うん」

今日、ぶらぶらとアパートの周りを散歩しながら、ふと思いついたことだった。ほとんど使われた形跡のないキッチンは、それでもレンジや炊飯器など、家電はひととおりそろっていた。やろうと思えばいちおう、それなりのものは作れそうだった。

「ほら、俺さ、今日めっちゃ暇だったから」

なにか信じがたいことを耳にした、という顔で見つめ返してくるまつりに、顔が熱くなるのを感じながら、俺はあわてて言葉を継ぐ。なぜか言い訳するような早口になった。

「それで意味もなく散歩とかしちゃったぐらいで。それならせめて、ごはんぐらい作

ろうかなって。お世話になってくることだし。いやお弁当もおいしいんだけど、毎日それじゃ飽きそうだし。とにかくマジで暇だったから、俺」

「……え、ほんとに？」

まくし立てながら、すでにちょっと口にしたことを後悔しはじめていたときだった。

ふいにまつりは箸を置くと、じっと俺の目を見つめたまま、

「ほんとに陽ちゃんが、作ってくれるの？」

「うん。あ、台所とか勝手に使ってよければだけど……」

「そんなのぜんぜんいいよ！　いくらでも、お好きにどうぞ！」

そこで急に、まつりが食い気味に大きな声を出すので面食らった。

「え、え、うれしい」興奮気味に続けながら、彼女はこちらへ身を乗り出すと、

「ぜひぜひぜひ作ってください！　え、すごい。陽ちゃんって料理得意なの？　なにが作れるの？」

「あ、いや、得意ってほどじゃなくて」

頬を紅潮させて訊ねてくる彼女に、俺はあわてて言葉を返す。ぜんぜん得意ではない。むしろほとんど経験値はない。記憶にあるのなんて、学校の調理実習で作ったカレーぐらいで、

「ただ、カレーならなんとか作れるかなって程度の……」

「カレー！　めっちゃいいね！　食べたい！　え、え、陽ちゃん、ほんとに明日作ってくれるの？」

「え、あ、ほんとにカレーでいいなら」

「ぜんぜんいいよ！　むしろカレーがいい！　わたしカレー大好き！　ぜひよろしくお願いします！」

目を輝かせ、ぱんっと顔の前で手を合わせてみせる彼女の顔は、本当にうれしそうだった。頬や目元が赤く染まって、キラキラとした瞳は少し潤んでいるようにも見える。

とりあえず引かれなかったことにはほっとしつつ、予想以上の反応に今度は圧倒されていた。期待に満ちた彼女の目に、すごい勢いで緊張が襲ってくる。やばい、と心の中に声が落ちる。

これはぜったいに失敗できない。大丈夫だろうか。料理なんてほぼ初心者なのに。

とりあえずあとでカレーのおいしい作り方をネットで調べてみよう、と思いながら、俺は強張った声で「りょうかい」と返しておいた。

夜が更け、お互いお風呂も済ませたあとは、まつりが好きだというお笑い番組をいっしょに観た。

隣に座るまつりからは、シャンプーのいい匂いがしてくる。

これまでの人生であまり嗅いだことのない、花束みたいな甘い匂い。俺も同じシャンプーを使わせてもらっているから同じ匂いをまとっているはずなのだけれど、なぜか彼女から漂う匂いのほうがより甘く感じる。ずっと包まれていると、頭がくらくらしてくるぐらいに。

そのせいでいまいちテレビに集中できずにいる俺の横で、まつりのほうは絶えず声を立てて笑っていた。正直どこが面白いのかよくわからないタイミングでも、呼吸も忘れるような勢いで爆笑している。相当な笑い上戸《じょうご》らしい。

「なあ、そういえばさ」

番組がＣＭに入ったところで、俺はふと訊きそびれていたことを思い出して口を開いた。さっきまで爆笑していたまつりは、「うんー?」とまだ笑いの余韻が残る声で訊き返しながらこちらを見る。

「あの復讐の話って、けっきょくどうすんの?」

もう一日も終わろうとしているけれど、まつりがその話題を持ち出してくることは、今日一度もなかった。さすがに痺《しび》れを切らして俺のほうから訊ねてみれば、「ああ、あれね」とまつりは笑いすぎて涙がにじんだ目元を拭いながら、

「ちょっと待っててほしくて」

「待つ？」

「うん。あれから考えたんだけどね、やっぱり復讐の方法変えようと思って」

え、と訊き返せば、まつりは今日買ったマグカップについだサイダーをひとくち飲んでから、

「ほら、陽ちゃんをただ見せつけるだけじゃ、やっぱりなんかつまんないなって。それよりもっとダメージ与えられるいい方法を今考えてるところだから、ちょっと待っててね」

あっけらかんとそんなことを言う彼女に、はあ、と困惑気味な相槌が漏れる。

つまり、やっぱり俺を見せつけたところで、たいしたダメージは与えられないと考え直したのだろうか。いや、それはたしかに俺もそう思うけど。

ほんの少し複雑な気分になりつつ、俺もサイダーをひとくち飲んでから、

「あのさ」

「うん？」

「その元カレの、写真とかってある？」

ふと思い立って訊ねてみると、「あるよー」とまつりはすぐに頷いた。そうしてローテーブルの上に置いていたスマホを拾い、画面を操作しながら、

「なぜかしょっちゅう自撮り送ってきてたから。ぜんぜんいらないのに。——あ、

あった。ほら、これとか」

さらっと毒を吐いてから、彼女はスマホの画面をこちらへ向ける。映っていたのは、メッセージアプリのトーク画面だった。向こうから届いたメッセージのひとつに、写真が添付されている。カメラ目線でピースをしている若い男が右下あたりに大きく映っていて、その向こうにはバーベキューをしているらしい何人かがいた。

ちらっと見えた写真の下には、『いつメンでバーベキュー』と絵文字つきで添えられている。

「この人？」

「うん」

いちばん大きく映っている男を指さして訊ねると、まつりは頷いた。

「……イケメンじゃん」

ぼそっと声がこぼれる。まつりの言っていたように、たしかにちょっとチャラついてはいるけれど。顔立ちは間違いなく整っているし、無造作な感じにセットされた髪型も垢抜けている。いわゆる田舎の高校生っぽさはぜんぜんなかった。これならたぶん俺の地元の高校でも浮かないどころか、ふつうにモテる。しかもこれで瀧坂生とか。

「いや、やっぱ無理だって」

「なにが？」

「元カレを俺で悔しがらせるとか。俺勝てるところないって」

「大丈夫だってー。陽ちゃんなら余裕余裕！」

だからなんなんだ、その謎の自信は。

にっこり笑って親指を立ててみせるまつりに眉を寄せながら、俺はまた画面に目を戻す。見るつもりではなかったのだけれど、ちらっと目に入った左上には、『鹿野航《かのこう》大《だい》』という名前が表示されていて、

「かの……って読むの？　名前」

「あ、うん、鹿野くん。まあべつにそれは覚えなくてもいいけど」

さらりと付け加えて、まつりはスマホの画面を閉じる。同時にCMが開けたので、彼女はまたテレビのほうを向き直った。それきり、彼女が元カレの話を口にすることはなかった。数秒前まで話していた元カレの話題なんてもう一瞬で抜け落ちたかのように、番組がはじまると、まつりはまた完全にそちらに夢中になっていた。

彼女の隣で俺もテレビを眺めながら、ふと思い出してポケットからスマホを取り出す。ちらっと目を落とした画面には、なんの通知も表示されていない。それだけ確認してから、またテレビに視線を戻した。

翌日。まつりがバイトに出かけたあとに、俺は彼女の自転車を借りて図書館へ行っ

てみた。

たしかに遠かったけれど、場所は国道沿いでわかりやすかった。大きなガラス張りの壁がおしゃれな、予想より広くてきれいな図書館だった。

入ってみると、冷房の効いた館内はちょうどいいぐらいの混み具合だった。本棚の前や奥のソファにちらほらと人の姿があり、控えめな話し声がかすかに聞こえてくる。あまり人が多くてうるさいのも嫌だったけれど、かといってガラガラすぎるとそれはそれで落ち着かないので、居心地のいい静けさだった。

館内を進んでみると、奥のほうに机と椅子が置かれた勉強スペースがあった。中学生ぐらいの男女がふたり、それぞれ離れた位置に座って、静かに机に向かっている。俺もふたりから離れた端のほうの椅子に座ると、そこで持ってきた問題集を机に広げた。

昨日とは打って変わって、宿題はたいへんはかどった。この静けさと涼しさ、あとは適度に人の目があってサボりにくいという環境がよかったのだろう。今日のノルマと決めていたページ数を終わらせ、身体をぐっと伸ばしてみると、心地よい疲労感を感じた。

気づけば時間は三時を過ぎていたので、ちょっと急いで図書館を出た俺は、続いてスーパーへ向かった。

昨日まつりに連れてきてもらったそのスーパーを今日はひとりで歩きながら、スマホにメモしておいた食材をカゴに入れていく。牛肉、じゃがいも、にんじん、玉ねぎ。それから昨日、【カレー　おいしい　レシピ】で調べたら出てきた、おろしにんにくとハチミツ。最後にカレールーの棚の前でしばし悩んでから、買い物を済ませて店を出た。

カレーぐらいなら楽勝かと思っていたのだけれど、作りながら、俺は舐《な》めた考えだったことを噛《か》みしめていた。

初っ端からじゃがいもの皮むきに苦戦し、さらに玉ねぎを切っていたら涙がぼろぼろ出てきて、具材を切り分ける工程だけで予想の三倍ぐらい時間を食ってしまった。

おいしく作るコツとして紹介されていた、【玉ねぎを弱火でじっくりキャラメル色になるまで炒める】を実践してみたのけれど、これも予想の五倍ぐらい時間がかかり、ようやく玉ねぎの色が変わってきたときには、木べらを握る右手がすっかり重たくなっていた。

料理って大変なんだな。

玉ねぎに続いて他の具材も炒めながら、俺はしみじみと思う。

カレーぐらい、と舐めてかかっていた自分が今は恥ずかしかった。火を使う台所は暑く、汗が額を伝って何度か目に落ちてくる。炒め作業が続いている右手は、そろそろ痛い。

それでもどうにかまつりが帰ってくるまでにはカレーを完成させ、彼女の帰宅時間に合わせてごはんも炊いて待っていたら、

「――うわっ、いい匂い！」

玄関のドアが開くなり、まつりの大きな声が聞こえてきた。

「わ、わ、うそ」そうして興奮気味に台所へやってきた彼女は、俺がかき混ぜていた鍋を覗《のぞ》き込み、「うわあ！」とまた大きな声を上げると、

「すごい、カレー！　ほんとにカレーだ！　ちゃんとカレー！」

「なんだその感想」

「うわあ、やばいやばい、おいしそう！　わ、ちょ、すぐ着替えてくるから！　ちょっと待っててね、すぐごはんにしよ！」

早口に言い置いてから、まつりはばたばたと奥の部屋へ駆けていく。予想以上の反応に、俺はちょっと圧倒されてその背中を見送っていた。

ばたんと閉まったドアの向こうからも、忙しなく歩き回る彼女の足音や落ち着きのない物音が聞こえてくる。本気で急いでいることがわかるその音に、ふっと顔がゆるむのを感じた。

べつにそんな急がなくても、カレーは逃げないのに。

あきれながら、俺は炊飯器から皿にごはんをよそう。そうしてカレーをその上にかけていると、ちゃんとおいしそうな匂いが漂ってきて、俺の気持ちも思いのほか弾んでいることに、そこで気づいた。

「――では、いただきます」

着替えを終えたまつりは、なぜか背筋をぴん伸ばして正座すると、胸の前で恭《うやうや》しく手を合わせた。

そうして妙に真面目な表情のまま、カレーをひとくちすくって口へ運ぶ。

そんな彼女の顔を、俺も思わず緊張してじっと見つめていたら、

「……おいしい！」

口に入れるなり、まつりはぱっと目を見開いて声を上げた。

途端、心の底からほっとして身体から力が抜けた。「よかった」と吐息のような声が、ほとんど無意識に唇の端から漏れる。

「え、え、ほんとにおいしいよ、やばいこれ」

そのあいだもまつりは早口にまくし立てながら、カレーをもうひとくちすくうと、

「すごいよ、陽ちゃん天才。今まで食べたカレーで過去いちかも。最高、完璧」

とめどなく褒め言葉を並べてくる。大げさ、と笑って返そうとしたのだけれど、なぜだか声が喉を通らなかった。

ふいに胸の奥に込み上げた熱いかたまりに、息が詰まって。

視界が揺れ、鼻の奥がつんとする。

俺はとっさに目を伏せると、テーブルの上のカレーを見つめながら息を吐いて、

「……よかった。口に合って」

ぼそりと呟いた声は、少し掠れていた。

うん、とまつりはそれに力いっぱいに相槌を打ってから、またカレーを口へ運ぶ。

「んー」と噛みしめるように目を閉じる。

「こんなおいしいカレーが食べられるなんて、やっぱり昨日、陽ちゃんを拾ってよかったあ」

噛みしめるようなその声を聞いていたら、また少し、呼吸がしにくくなるのを感じた。

――陽ちゃんを拾ってよかった。

思わず反芻《はんすう》したその言葉に、頭の芯が痺れるように揺れる。

顔も熱くなってくるのを感じた俺は、あわててごまかすようにカレーを食べた。すると間髪入れず、「ねっ、おいしいでしょ」と向かい側からまつりの意気込んだ声が

飛んでくる。

「……まあ、そこそこ？」

たしかに不味くはなかった。家庭的なカレーとして、それなりにおいしくはできている、と思う。だけど正直ふつうといえばふつうで、まつりがここまで感動するほどのものとは思えなかったけれど、

「いやいや、そこそこどころじゃないよ、最高だよ。陽ちゃんはカレーの天才」

「そんな言うほどじゃ」

「言うほどだって。めちゃくちゃおいしいもん。わたし、このカレー最高に好き。お母さんの作るカレーもすごい好きだったんだけど、これも大好き」

力説する彼女の声には、本当に力がこもっていた。そしてそれを行動でも示すように、彼女はさっきからすごいペースでカレーを口に運んでいる。手が止まらない、というふうにスプーンですくい、みるみるうちにカレーを平らげていく。

おいしい、最高、と飽きることなく繰り返しながら。

「……そりゃ、よかった」

そして俺の口からはあいかわらず、そんな短い声だけがこぼれる。

お腹のあたりが、高揚でざわめいていた。

頬に血が上る。目の奥が熱くなる。

今日の苦労がすべて、この瞬間に報われるようだった。彼女がおいしいと言ってくれた、ただそれだけで。

「ああ幸せだな」

カレーを八割ほど平らげたところで、まつりは本当に幸せそうに頬をゆるませながら呟くと、

「これからもずっと、陽ちゃんのこんなおいしい料理が食べられたらいいのにな」

何気なくこぼれただけの、軽口だとはわかっていた。それでも気づけば、「いいよ」と俺の唇からは声がすべり出ていた。胸の奥でふくらみ、喉元までせり上がってきた熱に押されるように。

「作るよ、明日も」

へ、と訊き返しながら顔を上げたまつりの目を、俺はまっすぐに見て、

「……え」

「なにが食べたい？　明日は」

まつりは驚いたように目を見開いて、俺の顔を見つめていた。

俺も、自分で自分の口にした言葉にちょっと驚いていた。だけど取り下げる気にはならなかった。少しも。

そうしたかった。たまらなく。

まつりはしばらく俺の顔を見つめて目を瞬かせたあとで、ふっと顔を伏せた。

「……どうしよ」小さな声で、ぽつんと呟く。

「なんか、泣きそう」

「え？」

思わぬ言葉に俺が驚いていると、彼女はすぐにぱっと顔を上げた。その顔にはもう笑みが戻っていて、「あ、そうだ明日はね、えっとね」とあわてて考えを巡《めぐ》らせるように、目線を斜め上あたりに向けてから、

「肉じゃががかなあ！」

と心底うれしそうな笑みを見せた。

第三章　曇り空とひまわり

今日のノルマ分のページを終えたところで、ぐっと身体を上に伸ばす。この瞬間の達成感と疲労感が、いつもたまらなく心地いい。

周りを見渡してみると、他に勉強スペースにいる中学生らしきふたりは、まだ黙々と机に向かっていた。

彼らはいつも俺が来るより先にここで勉強をはじめていて、俺が帰る頃になっても続けている。図書館に通いはじめて一週間、顔ぶれは毎日ちょこちょこ変わるけれど、このふたりだけはいつもいた。

俺は机の上の問題集や筆記用具を鞄をしまうと、立ち上がった。時計を見て、まだ時間に余裕があることを確認してから、本棚のほうへ向かう。やってきたのは、料理本コーナーだった。

今日はまつりのリクエストで、ビーフシチューを作る予定になっている。ずらりと並ぶ本の背表紙に目をすべらせてから、目ぼしい本を抜き出してみる。目次を見て、ビーフシチューのページを探す。

料理を作るときは基本的に、ネットでレシピを調べてから作っていた。だけどある日、ふと思い立って図書館にある料理本を見てみたら、それが思いのほか面白いことを知った。手順も大きな写真つきで載っていてわかりやすかったり、パラパラとめくっていると今まで知らなかった料理に出会えたり。

それからというもの、勉強を終えたあと、ここで少し料理本を立ち読みしてからスーパーへ向かうのが、俺の日課になっている。

その日もビーフシチューのページを何冊かパラ読みし、【まずは肉にしっかり焼き色をつけること】だとか【下味の塩は多めに】だとか、いくつかのコツを頭に入れてから踵を返したときだった。

近くで、なにかが落ちる音がした。思わず振り向いたそこには、高校生ぐらいのふたりの男女がいた。女の子のほうが本を落としたらしく、床にしゃがんで拾っている。その横に立つ、黒いTシャツに迷彩柄のズボンを穿《は》いた男の子の顔が、ちらっと目に入ったときだった。

あ、と小さな声が漏れた。

見覚えのある顔だった。目をすがめて確認しようとしているあいだに、女の子が本を拾って立ち上がる。そうしてふたり連れ立って歩いていくその背中を、俺は思わず追いかけていた。

ふたりは窓際にあるソファに、並んで座っていた。本を開く女の子の横で、男の子のほうはスマホを取り出している。

俺は本棚の陰に隠れながらその男の横顔をじっと眺め、そこで、間違いないと確信する。あの男だ。

――まつりの、元カレだ。

実物の彼も、写真と同様にイケメンだった。しかも写真ではわからなかったけれど、背が高くてスタイルもよかった。

なんとなく複雑な気分になりつつその整った横顔を眺めていると、彼はスマホをいじりながら、隣に座る女の子の肩に手を回した。女の子のほうも嫌がる素振りはなく、むしろうれしそうに笑って彼の肩に頭を載せている。

どう見ても親密な様子のふたりに、俺はふと、まつりの言っていたことを思い出した。

――彼さ、わたしと別れたあとすぐに違う子と付き合ってたもん。

なるほど、と思う。つまりあれが、まつりと別れたあとに付き合っている新しい彼女なのだろう。

長い髪をポニーテールにした、小柄な女の子だった。なんとなくまつりと雰囲気が似ている気もする。本を読みながらも、ときおり彼のほうへ顔を寄せて耳元でなにかしゃべりかけたりしていて、彼のことが好きでたまらないという様子が伝わってくる。

そうか、あれか、なんて考えながらしばらくふたりの様子を観察したあとで、俺ははっと我に返った。なにをしているのだろう、と急に恥ずかしくなる。それからあわてて踵を返すと、今度こそ図書館を出てスーパーへ向かった。

「うわあ、このビーフシチューやばい超おいしい！　陽ちゃんってばビーフシチュー作りの天才だね！」

夕方バイトから帰ってきたまつりが、俺の作ったビーフシチューをひとくち食べるなり、また大げさな声を上げる。

まつりは毎回そうだった。肉じゃが、豚の生姜焼き、肉野菜炒め、鮭《さけ》のムニエル。すべてまつりのリクエストで作ってきたけれど、なにも食べても彼女はひとくちめで目を見開き、感動したような声を上げた。おいしい、最高、すごい、天才、と考えつく限りの褒め言葉を並べるようにまくし立てた。

「……そりゃ、よかった」

そして何度目だろうと、俺はそれを聞くたび息が詰まってしまう。気の利いた返しはなにもできず、ただそんな、心の底からほっとした声だけが漏れる。まつりがなにを食べてもこう言ってくれることはもうわかっているのに、それでも毎回、彼女の『おいしい』が聞けると安堵する。

「やっぱり、インスタント食品とはぜんぜん違うねえ」

「そりゃそうだろ」

「なんかね、あったかい。いやインスタントも温めて食べるからあったかいのはあったかいんだけど、違うあったかさというか。ふたりで食べてるからかな。……なんか、すごい、うれしい」

噛みしめるように呟きながらビーフシチューを食べるまつりの顔を、俺はつい凝視してしまった。まつりがひとり暮らしで、今まではずっとインスタント食品を食べてきたのだという事実が、そこでまたあらためて染み入ってくる。

「あ、そういやさ」

するとなぜだか鼻の奥がつんとしてきて、俺は振り払うように口を開くと、

「うん？」

「今日、図書館でまつりの元カレ見た。鹿野くん、だっけ？」

報告しておくべきかと思って伝えると、「ふうん」とまつりからは存外に薄い反応が返ってきた。

「ふうんって」

なんともどうでもよさそうな相槌に、俺がちょっと戸惑っていると、

「図書館なんて行くことあるんだね、あの人。本とかぜんぜん興味なさそうだったから、ちょっと意外」

「あ、なんか彼女といっしょだったから。彼女についてきたっぽい感じだった」

「彼女？」

何気なく教えると、なぜかそこで意外そうな反応があった。顔を上げたまつりは、眉を寄せて俺の顔を見つめながら、

「鹿野くん、彼女といっしょに図書館来てたの？」

「うん。まつりが言ってた新しい彼女だろ、たぶん。長い髪の」

「え？」

「え」

「長い髪だったの？」

まつりはそこでおもむろにスプーンを置き、ぎゅっと眉根を寄せて俺の顔を見つめてきた。突然けわしくなった彼女の表情に驚きながらも、うん、と俺は頷く。

だって間違いなく、長い髪だった。まつりぐらいの髪なら長いか短いか表現に少し迷ってしまうけれど、あの子の髪は長いとしか言いようがない。そう思って、「長かったよ」と重ねれば、

「その子、どんな女の子だった？　特徴、もっとくわしく教えて」

「え？　えーと」

わけがわからないながらも、俺はとりあえずその子の容姿を思い出してみる。

「背は低めで、髪は長くてポニーテールにしてて、青いワンピース着てて。あ、あとすごい色白だったな。顔はよく見えなかったんだけど、なんかそういう色素薄い感じ

が、まつりに似てるなって思って」

　そうして思い出せる限りの特徴を並べてみれば、まつりは難しい表情で、じっとそれを聞いていた。頭の中でなにかを整理するように。

「……違うな」

　やがて短い沈黙のあと、低い声でぼそっと呟くと、

「その子、わたしの知ってる鹿野くんの新しい彼女じゃないな」

「え？」

「陸上部でよく日に焼けてて、背が高くてショートヘアで。わたしが知ってる鹿野くんの彼女はそういう子だもん」

「ショートヘア？」

「うん」

　驚いて訊き返した俺に、まつりはけわしい表情のまま頷いて、

「その子、図書館とか行くタイプじゃないし、しかもこのへんの子じゃなくてもっと街のほうに住んでるから。図書館デートって聞いて、ん？　って思ったんだけど。やっぱりこれ、そうだよね」

「そうって」

「二股してるってことだよね、鹿野くんが」

俺は黙ったまま、彼女の顔を見つめ返した。

脳裏に、今日図書館で見たふたりの姿が浮かぶ。ただの友だちだとか兄妹だとか、そんな可能性はこれっぽっちもよぎらないほどのいちゃつきようだった。あれは間違いなく、恋人同士だった。

「うん、そうだよ」

俺が黙っているあいだに、まつりは自分の考えを確認するようにひとりで頷くと、

「これは二股だ、間違いない。わたし、鹿野くんの新しい彼女とはわりと仲いいんだけどさ、別れたとかそんな話聞かないし。そもそもまだ付き合いはじめて二週間ぐらいだし」

「え、まつり、新しい彼女と仲いいの？」

さらっと告げられた部分が引っかかって訊ねてしまうと、「いいよ」とまつりは軽く頷いて、

「同じクラスだし、その子」

「同じクラス？　なに、鹿野くんって、まつりと別れたあとまた同じクラスの子と付き合ってんの？」

「そうだよ、すごいでしょ」

「すげえな」

俺が思わず感心して呟いていたら、「とにかく」とまつりはすぐに話を戻して、

「これ、もしそうなら、鹿野くんクズだよね」

「……たしかに、クズだけども」

鹿野くんの隣で、彼を見つめて幸せそうに笑っていたあの子の横顔が、瞼の裏に浮かぶ。たぶんあの子のほうは、本気で鹿野くんが好きなのだろう。そう思えば彼は間違いなくクズだし、許せないことだとは思うけども。

「なんで」俺はふと眉をひそめて、まつりの顔を見ると、

「なんでまつりは、そんなうれしそうなん」

「え？　だって、見つかったんだよ」

明らかに頬をゆるませている彼女に訊ねれば、まつりは笑いのにじむ声で返してきた。ずいっとこちらへ身を乗り出し、顔の横で人差し指を立てながら、

「いい復讐の方法。これはもう、これしかないでしょ」

「これ」

「浮気現場を押さえて、鹿野くんに突きつけてやるの。二股なんてどクズだし最低だもん。許せないよね。見つけちゃった以上、黙って見過ごすわけにはいかないよね。ね、陽ちゃん！」

はきはきと告げると、まつりは俺に向けて、力強く拳を握ってみせた。

内容とはだいぶ不釣り合いな、楽しくてたまらないといった笑顔で。

——鹿野くんの浮気現場を写真に収めること。

ふわっとしていた復讐計画に、ようやく明確な目標ができた。

後日、まつりのバイトが休みの日に、俺たちはふたりで図書館へ出かけた。自転車は一台しかなかったので、俺が漕いで彼女は後ろに乗った。

「そういえばさ、陽ちゃんってなんでいつも図書館に来てるの？」

いつもどおりほどよい混み具合の館内を、鹿野くんの姿を探して歩いていると、まつりが思い出したように訊ねてきた。

「宿題するため。ここだとはかどるから」

「わざわざ？　家ですればいいのに」

言ってから、「あ、もしかして」となにかに気づいたようにこちらを見たまつりは、

「冷房代のこと気にしてるとか？　陽ちゃんいつも、ひとりで家いるときクーラー使おうとしないでしょ」

「違うよ。本当にここだとはかどるし、あと本も読めるから」

「え、陽ちゃんて本読む人なんだ」

「あ、いや。本っていっても、料理の本をパラ読みしてるだけだけど」

まつりが思いがけなく食いついてきたので、俺はあわてて補足しておく。

「えっ、すごいね」

けれど彼女はそれを聞いて、よりいっそう目を輝かせると、

「ちゃんと本読んで作ってるんだ。なるほど、それでいつもあんなにおいしいんだね、陽ちゃんの料理」

「いやいや、初心者でなんにもわかんないから、ちょっとでもマシになるように読んでるだけで」

本気で感心したようにまつりが呟くので、俺は照れくさくなって早口に返す。

それでもまつりは、「いやすごいよ」と即座に力を込めて重ねてきて、

「そういうふうにさ、おいしく作ろうと頑張ってくれてるのがすごいと思うし、うれしいよ」

「うれしい？」

「うん。わたしのために頑張ってくれてるのが、すごく」

さらっと言い切った彼女の横顔を、俺は思わず無言で見つめてしまった。

そのまま、しばし言葉が出てこなかった。

べつにまつりのためじゃない、ととっさに否定しかけたけれど、否定できないことに気づいてしまって。

最初にカレーを作った日、全力で喜んでくれたまつりの笑顔は、今でも網膜に焼きついている。たぶんこのまま、一生消えないような気すらする。

あの笑顔をもう一度見たくて、俺は次の日も料理を作りたいと思った。作っているあいだはあんなに大変だと思っていたはずなのに、その瞬間にはもう、そんな苦労はきれいさっぱり忘れていた。彼女にまた『おいしい』と言ってほしくて、頭にあったのはそれだけだった。

ネットのレシピさえ見れば作れるものを、わざわざ図書館の本まで読んでいたのも、たしかにそのためだった。少しでも、おいしい料理を作りたかった。

自覚するとなんだか急に恥ずかしくなってきて、返す言葉に詰まっていたら、

「ね、陽ちゃんはいつもどんな本読んでるの？」

まつりが興味津々な顔で訊いてきたので、俺は彼女を料理本コーナーへ連れていった。

「うっわあ」

そこにずらりと並ぶ本の背表紙を見たまつりは、驚いたように目を丸くして、

「すごいね。こんなにたくさんあるんだ、料理の本って」

「俺も最初びっくりした」

「ここで立ち読みしてるの？」

「うん。借りていけないから、できるだけ頭に詰め込んでからスーパー行ってる」

言うと、え、とまつりはきょとんとした顔でこちらを見て、

「借りられるよ？」

「え」

「わたし、この図書館の利用者カード持ってるから。なんだー、そういうことなら早く言ってくれればよかったのに」

言いながらまつりは肩に提げていた鞄を開けると、中をしばし漁《あさ》ったあとで、「あ、あったあった」と呟いてなにかを取り出した。

「はい」

差し出されたそれは、緑色のカードだった。図書館利用者カードと書かれたその下に、まつりの名前とバーコードが記載されている。

「これ貸してあげる。これから陽ちゃん、好きに使っていいよ」

「……いいの？」

訊き返す声が、思わず弾んでしまう。

「もちろん」とまつりは軽い調子で笑った。

借りたい本なら、それはもうたくさんあった。家でゆっくり読みながら料理ができればいいのに、とここで必死に本の中身を頭に入れながら、何度となく思っていた。

だけどまつりに利用者カードを借りるという発想には、なぜかまったく至らなかった。思えばまつりはこの町の住人なのだから、持っていてもおかしくなかったのに。

「うわ、マジでうれしい。ありがとう」

すっかりテンションが上がった俺は、まつりからカードを受け取るなり、さっそく借りていく本を選びはじめた。一度に五冊まで借りられるとのことだったけれど、読みたい本はまったく五冊に収まりきらなかったので、しばらく本棚の前で悩んだ末、できるだけ内容が被らない五冊を厳選した。

それから俺たちは本を持って奥のソファに移動すると、そこで鹿野くんが現れるのを待ってみることにした。

適当に雑誌を持ってきて読みはじめたまつりの横で、俺も意気揚々と料理本を開く。ちなみに今日もまつりのリクエストで、ハンバーグを作ることになっている。

ハンバーグのページを探して開き、ふわふわにするためのコツなどを読み込んでいると、それだけで気分が高揚してくるのを感じた。

早く台所に立ちたい、なんてうずうずしてくる。そうしてこのレシピに完璧に忠実なハンバーグを作って、それを早くまつりに食べさせたい。おいしい、最高、天才、と興奮気味にいつも同じ単語をまくし立てて褒めてくれるまつりの笑顔を、早く見たい。

そんなことを思いながら、夢中で料理本の文字を目で追っていたときだった。

ふと横から視線を感じた。見ると、雑誌を読んでいると思っていたまつりが、なぜかじっと俺のほうを見つめていて、

「え……なに？」

驚いて訊ねると、まつりも俺が突然振り向いたことにちょっと驚いた様子だった。

「あ、ううん」

ぎくしゃくと視線を逸らしながら、あわててごまかすような笑みを浮かべると、

「なんかすごい、真剣に読んでるなーと思って」

「え、そうだった？」

「うん。真剣だったし、なんか、楽しそうだった」

やわらかな声でそう言ったまつりは、ふと目を細めて、

「ほんとに料理が好きなんだね、陽ちゃんて」

「……そう、かも」

まつりの言葉は驚くほどすとんと胸に落ちてきて、そこではじめて自覚した。

そうか、と今更目が覚めるような心地で思う。俺は料理が好きなんだ、と。

思えば料理を作っているあいだは、蒸し暑い台所に立っているのも、ひたすら木べ

らを動かしているのも、苦ではなくなっていた。その先にある、あまりに魅力的なものを知っているから。料理中の苦労はぜんぶ、なんとも思わなかった。

「料理が好きなら、陽ちゃん、将来はそういう系の仕事したらいいのに」

「そういう系？」

「料理系の仕事。ほら、コックさん的な。陽ちゃんの料理、毎回ほんとにおいしいし。料理上手だもん、陽ちゃんて」

「……いやいや、それはさすがに」

褒めすぎ、と俺は苦笑しながら首を横に振る。

上手といっても、俺がしていることなんて、誰かの考えたレシピをそのままなぞって、ただただレシピどおりに作っているだけで。やろうと思えば、誰でも簡単にできることだ。というか世の中の自炊している人たちは、みんなこれぐらい当たり前にこなしているのではないだろうか。

「いやいや、ぜんぜん当たり前じゃないよ」

だけど俺がそう言うと、まつりは真面目な顔で強く首を横に振って、

「そういう手順をぜんぶ面倒くさがらずに、きっちり丁寧に仕上げられるってすごいことだよ。わたしはできないもん。できないからもう料理は諦めちゃったし」

「いや、そんなのやる気の問題だって。本気でやろうと思えばすぐできるよ、まつり

も」

「できないんだって。できる人ってそんなふうに言うけどさ、まず、本気でやろうと思えないんだよ。そう思えるのがすごいんだよ、できない人からしたら」

やけに力を込めて断言してから、まつりは俺の目をまっすぐに見て、

「それはさ、ちゃんと才能だよ」

「……才能」

「うん。陽ちゃんには、料理の才能があるってことなんだよ」

まつりの目は真剣だった。

彼女はきっと本気で、そう言ってくれている。それだけは、俺にもわかった。

俺はまた言葉に詰まって、そんな彼女の目をただ黙って見つめ返していた。

——才能。

まつりの口にした言葉が胸の奥に落ちてきて、そこからじわりと熱を広げる。

才能、なんて。

「……はじめて言われた」

「え」

「俺に、なにかの才能があるとか」

兄なら、それはもう何度となく言われているのを聞いてきた。勉強も運動も、小さ

な頃から抜群によくできた兄なら。

俺はその横でずっと、『陽もお兄ちゃんみたいに頑張ろうね』と言われるだけの存在だった。中学に上がる頃にはもう、それすらなくなっていたけれど。

俺には無理だと悟られたのが、たぶんその頃だったのだろう。

兄弟なのだから、俺にも兄と同じぐらいのポテンシャルはあるはず、だとか。今はちょっとスタートで出遅れてしまっているだけで、頑張ればいずれ追いつけるはず、だとか。無頓着に信じていたそんな可能性がぜんぶ、幻だったと突きつけられたのが。

「ええ、うそ」

ぽろっとこぼれていた俺の言葉に、まつりは目を丸くすると、

「はじめてってことはないんじゃ」

「いやはじめてだよ」

自信をもって断言できるのも、悲しいことだけれど。

だってずっと、憧れていた言葉だった。

兄が言われているのを、何度も横で聞きながら。俺もいつか同じように言われてみたくて、だけど俺に褒められるような才能なんてなにもないのは、自分がいちばんよくわかっていたから。

「陽ちゃん、なにか部活とかやってなかったの？」

「やってたよ。一ヵ月だけ野球部だった」

一ヵ月、とちょっと戸惑ったように繰り返すまつりに、苦い笑いが漏れる。

「才能も根気もなくて、ぜんぜん続かなかった。……兄貴と違って」

「お兄さん」

「俺の兄貴、すごいやつでさ」

思い出す。友だちに誘われて入ってはみたけれど、球拾いばかりさせられてつまらなかったのと、先輩たちのやたら高圧的な態度にうんざりして、けっきょくすぐに辞めてしまったこと。それに耐えてこそ上達するのだと父からは説得されたけれど、耐えるほどの情熱も辛抱強さも、俺は持ち合わせていなかった。

対して兄のほうは、中学から入ったサッカー部で毎日真面目に練習に打ち込んで、二年生になる頃にはエースと呼ばれるようになっていた。それでいて勉強に手を抜くことはなく、成績上位はきっちりとキープしたままで。

「勉強も運動もすげえよくできて、そのうえサッカーまでめちゃくちゃうまくて、中学でも高校でもずっとエースで」

ちなみに俺はというと、その後入りたいと思う部活も見つからず、けっきょく中学三年間を帰宅部で過ごした。

その分勉強に打ち込めたならそれでもよかったのだろうけれど、残念ながらそういうわけでもなく、成績は最後までぱっとしないまま、高校は家からの近さだけで選んだ、ぱっとしない偏差値の高校に進んだ。

地元でもっとも偏差値の高い名門校に兄が進学した、翌年に。

「だから親も、俺にはもうぜんぜん期待してなくて。まあ当たり前なんだけど。その分ぜんぶの期待が兄にいくようになって、今俺がここにいるのも、期待のかかる兄貴の大学受験を、俺が邪魔しないようにってことらしくて」

どうしてこんなことをべらべらとしゃべっているのかは、自分でもよくわからなかった。ただ無性に、今、まつりに話したかった。ずっと胸の奥に凝っていた劣等感を、今はじめて、抵抗なく言葉にできている気がした。

「だから」

まつりはそんな俺の顔を、ただじっと見つめていた。まっすぐに聞いてくれるその姿勢に押されるように、また言葉があふれる。

「マジで、はじめてで」

「……はじめて」

「そんなふうに、言ってもらえたのが。だから……その、ありがとう」

そこまで言い切ってから、自分がなによりそれを伝えたかったことに、ようやく気づいた。

気づいたら遅れて恥ずかしさが襲ってきて、一気に顔に熱が上る。赤面しているのがすぐにわかって、まっすぐにこちらを見つめるまつりから、あわてて目を逸らそうとしたとき、

「じゃあ、よかった」

ふっとやわらかく目を細めたまつりが、呟いた。戸惑うでもからかうでもない、ひどく穏やかな声で。

「陽ちゃんが持ってた抜群の才能を、見つけられて」

うれしそうなその声が暖かくて、また息が詰まる。うん、と返した声は、少し掠れた。

胸の奥にじわっと温かいものが込み上げ、やがて全身に広がっていく。彼女が俺から視線を外してふたたび雑誌に目を落としたあとも、それはしばらく去らなかった。

それから三時間ほど粘ってみたけれど、残念ながら鹿野くんは現れなかった。四時を回り、図書館からぽつぽつとひとけが引いてきた頃、今日はもう諦めて帰ろうという話になった。

カウンターに寄って、料理本五冊の貸し出し手続きをしてから図書館を出る。日差

しはまだ強く、外に出るとすぐにうだるような暑さに捕まった。道の向こうでは陽炎《かげろう》が揺れている。

「鹿野くん、来なかったねぇ」

「来なかったなあ」

眩しさに目をすがめながら自転車を漕いでいると、あっという間に背中が汗でぐっしょりと濡れた。

「陽ちゃんは明日も図書館行くんでしょ？　もし鹿野くんたちが来たときは、よろしくね」

「なに、よろしくって」

「鹿野くんたちがいちゃつきはじめたら、証拠写真、ばっちり押さえといてね」

「いや、図書館で盗撮するのはちょっと」

後ろから絶えず話しかけてくるまつりに適当な言葉を返しつつ、いつもより重たいペダルを漕ぐ。また数を増やしたような気がする蝉の声も、絶えず耳を覆っていた。

スーパーの近くまでやってきたときだった。前方からスーパーのレジ袋を提げた女の人が歩いてくるのが見えて、俺は道路の端のほうに寄った。そうして少しスピードもゆるめつつ、横をすり抜けようとしたのだけれど、

「あっ、陽ちゃん、ちょっと止まって！」

「え」

ふいに後ろでまつりが声を上げて、俺は驚きながらもブレーキを踏んだ。片足を地面に着き、自転車を止める。

すぐに自転車を降りたまつりは、前方にいる女の人を見ていた。

思わず彼女の視線の先をたどれば、その女の人もまつりを見ていて、

「あれ、まつり」

まつりの姿を認めた途端、ぱっと笑顔になって名前を呼んだ。

どうやら知り合いだったらしい。黒いワンピースにベージュのカーディガンを羽織ったその人は、早足にこちらへ歩いてくると、

「偶然。買い物？」

「うん、ちょっと。お母さんも？」

まつりの口にしたその呼び名に、俺は驚いて女の人の顔を見る。

遠目ではだいぶ若く見えたけれど、こうして見ると思ったより年かさだとわかった。三十半ばぐらいだろうか。それでも高校生の娘がいるようにはとても見えなかったけれど、近くで見たその顔立ちは、たしかにまつりと似ている気もした。

「うん、晩ごはんの買い出しに」

「体調は大丈夫なの？　無理しないほうがいいよ」

「大丈夫大丈夫、今日はすごく調子がよくて」

まつりと話していたその人の視線が、ふとこちらへ流れてくる。俺と目が合うと、彼女はにこりと笑って軽く会釈をしてから、

「こんにちは」

「あ……こ、こんにちは」

突然話しかけられてどぎまぎしながら、俺もとりあえず会釈を返す。そうして、どうしよう、自己紹介したほうがいいのだろうか、だけど関係性はどう説明すればいいのだろう、ととっさに迷っていたら、

「わたしの彼氏。森島陽くん」

横でさらっとまつりが言って、俺は面食らって彼女の顔を見た。

彼氏？

困惑する俺の横で、まつりはなんともしらっとした表情で、紹介するように手のひらを俺へ向けていて、

「あら、そうなの？　はじめましてー」

それを聞いたまつりの母は、途端にさっきより親しげな笑顔になった。

「まつりの母です」とうれしそうに自己紹介をされ、「は、はじめまして」と俺もとりあえず同じ言葉を返せば、

「イケメンじゃないのー。よかったら今度、ふたりでうちにごはん食べにおいでね」

まつりの母はにこにこと笑いながら、まつりのほうへ視線を戻して言った。

まつりが頷けば、「あ、ていうか」と彼女は笑顔のままスーパーのレジ袋をちょっと持ち上げて、

「今日久しぶりにカレー作るんだけど、食べに来る？」

「ううん、今日はもうごはん作っちゃったから」

間を置かず答えたまつりに、俺はちょっと、え、と思う。

ごはんはまだ作っていない。今からスーパーへ買い物をしに行くところだ。それでもそう返した彼女の声にはまったく迷いがなくて、俺が少し戸惑っていると、

「そっかあ、残念。じゃあまた今度ね」

「うん。でもお母さん、ほんとに無理はしないでよ。それ、重いなら家まで運ぼっか？」

それ、とまつりが指さしたのは、まつりの母が持っているスーパーのレジ袋だった。

「大丈夫大丈夫」まつりの申し出に、まつりの母はあっけらかんと首を横に振って、

「そんなに重くないし、家すぐそこだし。ありがとね。本当に今日体調いいのよ」

「わかった。気をつけてね」

「うん。まつりも、たまには家に遊びに来てよね。まあ彼氏がいるならそんな暇もな

いだろうけど。でもさ、ひとり暮らしでよかったじゃない。彼氏と自由に会い放題で」

からかうように母親が付け加えた言葉に、まつりの表情がほんの少し曇ったように見えた。

だけど一瞬のことで、「……そうだね」と頷いたまつりの顔は、すぐにいつもどおりの笑みが戻っていて、

「最高ですよ、おかげさまで」

「あはは、よかった、感謝してねえ。じゃあばいばい」

まつりの母も朗らかな笑顔で手を振ると、また歩きだす。

後ろでひとつに束ねた長い髪を揺らして歩いていくその背中を、しばしふたりで見送りながら、

「……家、すぐそこなん？」

さっきのふたりの会話を聞きながら、どうしても引っかかった部分を拾って訊ねてみる。

うん、とまつりはちょっと語尾を上げた調子で頷いて、

「すぐそこ。ここから見えるよ。ほらあの、平屋の白い家」

彼女が指さしたほうへ目をやると、道の先に、たしかに白い平屋の小さな家が見えた。まつりの母は、そこへ向かって歩いていく。

その様子を見ながら、じゃあなんで、と、頭の隅を疑問がよぎる。

「じゃあなんで」

そしてそれは、そのまま声になってこぼれていた。

「こんな近い距離で、別々に暮らしてんの」

まつりがひとり暮らしをしているのは、てっきり家が高校から遠くて、家からは通えないからだろうと思っていた。それ以外の理由は思い当たらなかった。このだけど教えられたまつりの実家は、まつりの住むアパートの徒歩圏内だった。この距離でわざわざひとり暮らしをしなければならない理由なんて、なにかあるだろうか。しかもさっきの様子を見た限り、ふたりの関係は良好そうだった。

途端にわからなくなって首を捻っていると、まつりが俺のほうを見た。そうしてほんの少しだけ、彼女は迷うような間を置いたあとで、

「お母さんが、結婚したから」

俺の質問に、短く答えを返した。

「結婚」

とっさにピンとこなかったその答えを、俺が思わず繰り返せば、

「もともとはね、ずっとお母さんとふたり暮らしだったんだ、わたし。お母さん、十九歳のときにわたしを生んで、それからずっと未婚の母ってやつで。ひとりで頑張っ

てくれてたんだけど、去年ついに結婚したの。しかもね、相手はなんとお医者さん。あ、なんでも飲み屋さんで出会って意気投合したらしくてね」

　まつりは平坦な調子でそんな説明を挟んでから、

「それでふたりがいっしょに暮らすことになって、だから、わたしはひとり暮らしすることになって」

「え、なんで」

　さらっと続いた話に、そこで思わず口を挟んでしまった。なにが『だから』でそうなったのか、さっぱりわからなかった。だってそれなら、

「まつりもいっしょに、三人で暮せばよかったじゃん」

「いやいや、それは無理でしょ」

　だけどまつりは、俺のほうがなにかとんでもないことを言ったかのような調子で首を振って、

「そんなのわたし、邪魔者もいいとこだもん。新婚さんなんだよ。お母さん結婚はじめてだし、もうわかりやすく浮かれててさ。新婚生活はぜったい、ふたりきりのほうがいいでしょ。それに」

　そこで軽く言葉を切ったまつりの口元に、ほろ苦い笑みが浮かぶ。

「お母さん、子どもができたの」

「……子ども」

「十一月に生まれる予定なんだって」

言われて、さっきのまつりがやたらと母の体調を気遣っていたことを思い出す。

「……それでまつりは、家を出たってこと？」

「うん。お母さんから、そうしてもいいよって言われたから」

「そうしても？」

「ひとり暮らししたいなら、してもいいよって。高校生にもなって、いきなり今日からこの人がお父さんとか言われても受け入れられないだろうし、いっしょに暮らすのきついなら、まつりは無理しなくていいよって。お金に余裕はあるし、ひとり暮らしぐらいさせてあげられるからって。それで」

「え？　なんで」

淡々と続く説明が理解できず、また声があふれる。だってまつりは、

「したくなかったんだろ？　ひとり暮らし」

「まあ、したくはなかったけど」

「だったら、しなくてよかったんじゃ」

ひとり暮らしをしてほしい、ではなく、してもいいよ、だったのなら。べつにしたくないのならしたくないと言えばそれでよかったのではないか、なんて俺はひどく単

純に考えてしまったけれど、

「してもいいよ、ってさ、それ、要はしてくれってことでしょ」

まつりは平坦な口調でそう言って、小さく笑った。まるでいつまでも計算式が解けない子どもに、答えを教えるみたいに。

「そりゃあお母さんだってさ、娘に対して、旦那とふたりきりで暮らしたいからあなたは家を出て、なんてさすがに言えないじゃん。そんなこと言ったら、めちゃくちゃ非情な母親になっちゃうし。だから、してもいいよ、なんだよ。察してよ、ってこと」

諦めたようなその声がどうしようもなく乾いていて、俺はそれ以上、なにも言えなくなった。否定したかったけれど、できなかった。

俺だって知っていたから。

この家にいたら陽も息が詰まるでしょう、と。俺を気遣うような言い方で、暗に出ていってほしいと告げられた、あの日の母の顔を。

大人はそうやって本音を包むし、それは不思議なほど、感じ取れてしまうことぐらい。

その後何日か俺ひとりで図書館に通い、鹿野くんを探したけれど、彼はいっこうに現れなかった。

あの日は本当にたまたま図書館を訪れただけで、本来は図書館デートなんてするふたりではないのだろう。鹿野くんも鹿野くんの彼女も、あまり本が好きそうなタイプには見えなかったし。

だけど俺がまつりにそう言ってみると、

「だからって他に当てはないし。この町でデートするっていったら、図書館ぐらいしかないし」

「図書館ぐらいしかないの？」

「ないよ。図書館がこの町にある、いちばん涼しくて快適で時間がつぶせる施設だよ」

その日はまつりのバイトが休みだったので、またふたりで自転車に乗って図書館へ向かっていた。

だけど正直もう図書館は望みが薄い気がしたので、図書館ではべつの場所を探すべきなのではないか、と軽く提案してみた俺に、後ろのまつりから返された答えがそれだった。

断言されてちょっと面食らったけれど、周りに広がる景色を見たら、たしかにそうかもしれない、とも思ってしまう。

「図書館にいないならもっと街のほうに行ってるのかもしれないけど、そっちを闇雲に探すのも大変だし。図書館で待ち伏せたほうが効率的でしょ」

たしかに、と納得して相槌を打ったときだった。あっ、とふいにまつりが声を上げた。

「え、待って、ちょっと陽ちゃん止まって！」

「うお、なに」

「さっき通ったの、鹿野くんぽかった！」

「え」

驚いて自転車を止め、まつりのほうを振り返る。「ほら、あれ！」と彼女は後ろを向いて、道の向こうを指さしていた。

見ると、車道を挟んだ反対側の道を走っていく自転車がいた。俺たちと同じように、男女ふたりで乗っている。前にいる男の姿はよく見えなかったけれど、後ろの女の子の、ポニーテールにされた長い髪が揺れるのを見て、あっ、と俺も声を上げた。

「たぶんあれ、あの子だ。俺が図書館で見た子」

「よし、追おう！」

「お、おお！」

威勢よく宣言したまつりにつられるよう、思わず俺も力強く応えてから、急いで自転車を方向転換させる。

ふたりの背中はすでにだいぶ遠ざかっていて、軽く前傾姿勢になってスピードを上げた。ペダルを踏む足に力を込める。

どうやら鹿野くんのほうは、まつりには気づかなかったらしい。後ろから俺たちがついてきているとはみじんも思っていない様子で、一度もこちらを振り向くことなく進んでいく。

ただとくに急いではいないようで、あまりスピードは出ていなかった。しばらく全力で漕いでいると見失う心配のない距離まで近づくことができたので、少しスピードをゆるめると、

「うわ、あれほんとに、まこっちゃんじゃないじゃん」

後ろから、まつりのぼそっと呟く低い声が聞こえてきた。

「まこっちゃん？」はじめて出てきたその名前を、つい拾って訊き返すと、

「わたしが知ってる鹿野くんの新しい彼女。どう見てもあの子じゃない」

「あ、やっぱり」

「ちなみにこのまえ、わたし、まこっちゃんに確認したんだよね。まだ鹿野くんとは付き合ってるの、って。そうしたら、まだ付き合ってるって言ってた、まこっちゃん」

「マジか」

「ねえ、黒だよね。これは確実に」

「黒だな」

現在の彼女であるはずの〝まこっちゃん〟ではなく、見知らぬ女の子を乗せた鹿野くんの自転車は、国道沿いをぐんぐん南へ進んでいく。

今日は朝から厚い雲が空を覆っていて、日差しは弱い。だけどその分じめじめと蒸し暑く、湿度の高い空気が肌にまとわりつくようだった。朝の天気予報では、たしか夕方から雨が降ると言っていた。

「つーかどこ行ってんだろ、あのふたり」

そんな中を図書館とも駅とも反対方向へ進んでいくふたりに、俺はふと怪訝に思って呟く。

「あっちの方向ってなんかあんの？　デートスポット的なところ」

「いや？　なんにもないと思うけどなあ」

「てかさ、ふたり乗りしてるあの姿を押さえるんじゃやだめなの？　浮気の証拠写真」

「だめだめ。ふたり乗りぐらいじゃ、ただの友だちだとかいくらでも言い訳できちゃうでしょ。証拠にはならないよ」

言われて、たしかに自分たちも今、べつに恋人ではないけれどふたり乗りをしていることに気づく。

「もっと確実な、言い逃れできないぐらいの現場写真を押さえなきゃ。一回思いっきりちゅーぐらいしてくれればいいんだけど」

なんてまつりがぶつぶつ呟いていたとき、前を行く自転車が左に曲がり、視界から消えた。

あ、とふたりほぼ同時に声を上げ、俺はあわてて速度を上げる。ふたりを追って左に曲がると、住宅地の細い路地に入った。道の先にふたたびふたりの背中が現れてほっとしたのもつかの間、またすぐに彼らは右に曲がって見えなくなる。

「陽ちゃん、見失っちゃうよ！」

「わかってる！」

焦ったようなまつりの声に、俺はまた速度を上げた。道を曲がれば、幸い、またその先にふたりの背中が見えた。

まっすぐな国道沿いの道と違い、入り組んだ住宅地での尾行は骨が折れた。曲がり角が多く、離れると見失ってしまいそうで、だからといって距離を詰めると気づかれそうで。見失いそうで見失わないギリギリの距離を保ちつつ、目をこらして必死に自転車を漕ぐ。

「……つーか、マジであいつらどこ行ってんの」

そんなこちらの苦労も知らず、ふたりはどんどん住宅地の細い道を進んでいく。気づけば息がだいぶ上がっていて、額から落ちた汗がこめかみを伝った。

「あの彼女さんの家でもあるのかな？　でもあの子、ぜんぜん見たことない子だし、たぶんこのへんの子じゃないと思うんだけどなあ」

まつりも後ろで怪訝そうに呟いたとき、ふたりがまた道を折れた。ああもう、と思いながら、俺はまたペダルを漕ぐ足を速める。そうして彼らに続いて道を曲がれば、道の先に彼らの背中が見えなかった。

え、と途端に焦って、突き当たりにあるT字路まで全速力で自転車を漕ぐ。そうして左右を見渡したけれど、そのどちらにも彼らの姿はなかった。

「やば、見失った」

思わず俺が引きつった声をこぼせば、

「とりあえずこっち、こっち行ってみよ！」

「え、なんで」

「なんとなく！」

やけに迷いなく言い切るので、なにか当てがあるのかと思ったけれど、本当に〝なんとなく〟だったらしい。まつりの言葉に従ってしばらく住宅地をぐるぐるしていたけれど、いっこうにふたりの姿は見えてこなくて、

「あれー、いないねえ」

「……これ、完全に見失ったんじゃね？」

曲がり角で立ち止まり、額の汗を拭いながら俺は呟く。空を仰ぐと、灰色の雲が重

たく垂れこめていた。今にも雨粒を落としてきそうな雲だった。

「なんか、そろそろ雨降りそうだし。今日はもう諦めて帰ったほうがいいんじゃ」

突発的にずいぶん遠くまで来てしまったけれど、そういえば今、雨具はなにも持っていない。天気予報はちゃんと見てきたのに、そこまで頭が回らなかった。道の途中に傘を買えそうなコンビニなどもひとつも見当たらなかったので、雨が降りだす前に帰らなければ、けっこう大変なことになりそうだった。

「え、でもせっかくの大チャンスなんだよ。もうちょっと探そうよ」

だけどまつりはそれ以上に、復讐計画で頭がいっぱいらしい。渋る彼女に引きずられるようにして、もうしばらく捜索を続けることになり、ふたたび当てもなく走りはじめる。

そうして進んでいった、細い路地の先だった。

ふいに並んでいた民家が途切れ、視界が開けた。かと思うと、突然、ぱっと眩しい黄色が飛び込んできた。

「うわ、なにこれ」

急に切り替わった景色に、俺は思わず自転車を止める。そうして息をのんだ。

視界を埋めたのは、ひまわりだった。何十本とか何百本どころではない。見渡す限り、一面の黄色いじゅうたんが、ずっと向こうまで続いていた。

「すげえ」と思わずため息のような声がこぼれる。

こんなに大きなひまわり畑を見たのははじめてだった。視界いっぱいに広がる黄色に、俺はつかの間捜索のことも忘れて見惚《みと》れたあとで、

「……いや、あるじゃん」

「へ、なにが？」

「この町のデートスポット」

図書館ぐらいしかない、とかまつりは言っていたけれど。こんなにすごい場所があるのに、いったいなにを言っていたのだろう。どう考えても、デートなら図書館よりこっちだろ。

だけど俺がまつりにそう言うと、

「え、でもただのひまわり畑だし」

「ただの？」

「ひまわりなんて夏になればどこにでも咲いてるし、そんな、わざわざデートで見に来るような場所じゃないのかなって」

「いや、いやいやいやいや」

驚くべき感覚の違いを聞かされ、思わず上擦った声があふれる。

「これこそ、デートで来るべき場所だろ」

「そうなの？」

「そうだよ。俺の地元にこれがあったら、ぜったい連日カップルだらけだぞ」

間違いなくSNS映えもするだろうし、ここでぱしゃぱしゃと写真を撮りまくる女子たちの姿が目に浮かぶようだった。

「え、そうなんだ」

だけどまつりはスマホを取り出す素振りもなく、ただ見慣れた景色を眺めるような目でひまわり畑のほうを見ながら、

「都会っ子からしたら、ひまわりってめずらしいんだ」

「いや、ひまわりがめずらしいっていうか、この広さのひまわり畑がすごいって話で」

「陽ちゃんがこんなに喜んでくれるなら、もっと早くに連れてきてあげればよかったね、ここ」

「まつりはこの場所知ってたの？」

「知ってたよ。小学生のころからあるから、何回も来たことある」

そんな会話をしながら、あたりを見渡していたときだった。ひまわり畑の中に人影が見え、はっとして目をこらす。そうしてひまわり越しに揺れるポニーテールを捉えるなり、俺はあわててまつりのほうを振り返ると、

「ちょ、まつりしゃがんで！」

「へ」

「あのふたりがいる！」

幸い、こちらに背を向けていた彼らは、俺たちには気づいていないようだった。

ひまわり畑の中で、花に顔を寄せるように身体をかがめている彼女へ、鹿野くんがスマホを向けている。明るい笑い声が、かすかにこちらまで響いてきた。

俺はとっさにスマホを取り出すと、目の前のひまわりへ向けた。そうして〝ひまわり畑の写真を撮りに来た人〟に擬態しつつ、カメラのレンズ越しに彼らの様子をうかがっていると、

「ね、ね、陽ちゃんは隠れなくていいの？」

ちょいちょいとシャツの裾を引っ張りながら、まつりが下から心配そうに訊ねてくる。

「大丈夫。俺はあのふたりに顔知られてないから」

図書館でも、俺が一方的にふたりを見ていただけだった。

「あ、そうか」とまつりは納得したように頷く。

「どう？　ふたり、今いちゃついてる？」

「いや、ただ写真撮ってる」

くっついてツーショットでも撮ればいいのに、と思いながら待っていたけれど、鹿

野くんはひたすらひまわりと彼女の写真だけを撮っていた。しかもどうやら彼女のスマホを借りているらしく、ときおり撮った写真を確認するように、彼女が鹿野くんからスマホを受け取って画面を眺めていた。おそらく、SNS用の映え写真でも撮っているのだろう。

「キスかハグでもしたら、ばっちり押さえてよね、陽ちゃん」

「頑張るけど……外ですんのかな、そんなこと」

「大丈夫、鹿野くんならきっとやるはず」

やけに自信たっぷりに言い切ってみせたまつりに、ふと眉を寄せる。もしかしてまつりも、鹿野くんと付き合っていたころにしたことがあるのだろうか、なんて。たいへん下世話なことが頭の隅をちらっとよぎってしまって、

「……まつりも」

「ん？」

「鹿野くんと、このひまわり畑来たことあるの」

ないよ、とまつりは即答してから、

「というか、鹿野くんとデートとかしたことない」

「え？ 付き合ってたんだろ？」

「付き合ってたけど、わたしがバイトとか忙しくて、時間合わなくて」

「でもべつに、バイトも毎日じゃないじゃん」

「休みの日は休みの日で、友だちと遊んだり、録りためてたドラマ観たりしないといけなかったから」

……彼氏よりドラマの優先度のほうが高かったのか。

平然と言い切るまつりに、ここにきて今更ちょっと鹿野くんへの同情心が湧いてくる。

というかまつりが振られた理由って、間違いなくそれじゃないのか。浮気とかじゃなく。

そんな放置していた相手に対して、別れたあとはここまで執着して復讐に燃えているのもよくわからない。

なんて俺が怪訝に思っていたあいだも、ふたりはひまわり畑の真ん中で、終始写真を撮っていた。まつりが期待するキスもハグも、残念ながらする気配はなかった。

やがていい感じの写真が撮れて満足したのか、写真撮影をやめ、彼女がスマホをショルダーバッグにしまう。そうしてふたりが踵を返しかけたのがわかって、

「あ、もう帰るっぽい」

「え、うそ」

俺の呟きに、まつりが愕然とした声を漏らしたときだった。

ふいに、ぽつんと鼻先に水滴が落ちてきた。はっとして見上げると、空を覆う重たい雲が、ついに雨粒を落としはじめていた。

「うわ、降ってきちゃった」

瞬く間に強まる雨脚に、まつりがあわてた声を上げる。

その向こうで、ひまわり畑にいるふたりも同じく、突然降りだした雨にあわてていた。ひゃあ、という困ったような彼女の高い声が、こちらまで聞こえてきた。

俺もあわてて、スマホをしまいかけたときだった。ふと目に飛び込んできたふたりの姿に、下ろしかけた手を止める。そうしてふたたびスマホを顔の高さに掲げると、カメラのレンズをふたりへ向けた。

突然の雨に、なぜかテンションが上がったのかもしれない。鹿野くんがふざけるように、彼女の肩に手を回していた。抱き寄せられた彼女のほうは、ちょっとー、とか声を上げながら、だけど楽しそうに笑っている。そうしてふっと、鹿野くんが彼女のほうに顔を近づけた瞬間だった。

その一瞬を逃さず、俺はシャッターを押した。

「……よっしゃ！」

思わず喉から声が漏れる。完璧だ。左手でぐっとガッツポーズをすれば、「えっ」とまつりも弾かれたように立ち上がって俺の手元を覗き込んできた。

「撮れたの!?」

「撮れた、完璧、めっちゃいちゃついてる」

興奮に浮き立つ声で返しながら、俺はスマホをポケットに突っ込む。そうして停めていた自転車のスタンドを蹴り上げ、またがった。「行こう」と呼べば、まつりもすぐに後ろに飛び乗ってくる。

雨は、あっという間に本降りになっていた。走っていると、額や頰に雨粒がぶつかってくる。前髪から滴った水滴が瞼に落ちて、視界がぼやける。

「やったねー！　陽ちゃん！」

そんな中を、騒々しいほどの雨音に紛れ、後ろからまつりの弾む声が聞こえてくる。それにまた、全身にぶわっと高揚が広がって、

「やったな！」

つられるよう、俺の喉からもひとりでに声がこぼれていく。

顔が熱い。すぐにぐっしょりと濡れて身体に貼りつくシャツの冷たさも、今はまったく気にならなかった。ただ達成感で胸がふくらんでいた。

べつに俺のほうは、鹿野くんとも鹿野くんの彼女だという〝まこっちゃん〟とも、なんの面識もないのに。

まつりの興奮が伝染してしまったのかもしれない。後ろから響く楽しそうな笑い声

につられて、俺の喉からも笑いが勝手に漏れてくる。そうしてふたりで意味もなく笑い合いながら、俺たちは雨の中を走っていた。

雨に濡れるのをこんなに心地いいと感じたのは、はじめてかもしれなかった。

——だけどどんなに心地よくとも、雨に濡れるのはやっぱりよくなかったらしい。

まつりが体調を崩したのは、その翌日だった。

「陽ちゃーん……これまずいかも」

翌朝、先に起きた俺が台所で目玉焼きを作っていたら、遅れて起きてきたまつりの様子がおかしかった。

いつもなら『今日の朝ごはんなにー？』とうれしそうに覗き込んでくる彼女が、今日はドアのところに立ったまま、そんな掠れた声を投げてきて、

「え？　まずいって」

「たぶん熱あるかも。ごめんけど、今日は朝ごはんいらなーい……」

覇気《はき》のない声でそれだけ言うと、彼女はまたふらふらと部屋へ戻っていった。かと思うと、すぐ倒れ込むようにベッドに横になっているのを見て、俺はぎょっとしてコンロの火を止める。そしてあわてて彼女に続いて部屋に入ると、

「え、なに、体調悪いん？」

ベッドの横にしゃがみながらおろおろと訊ねる俺に、うん、とまつりからはか細い声が返ってくる。「え、うそ、どうしよ」本当に具合の悪そうなその声に、俺はますます焦ってしまいながら、

「あ、そうだ体温計。体温計は？　どこある？」

「そこの戸棚……」

まつりの指さした場所をしばらく漁ってから、見つけ出した体温計を彼女に渡す。

測ると、〝三十八・二〟という数字が出て、

「やば……めっちゃ高いじゃん」

「だいじょぶだいじょぶ、寝れば治るからー」

思わず強張った声をこぼしてしまった俺に、まつりは軽い調子で手を振ってみせる。

「たまにあるんだよねえ、こんな感じで熱出ること。でもいつも一日寝てれば治るから。心配しないで。ごめんけど、わたし今日は寝てるねえ」

幸い、今日はバイトは休みとのことだった。

俺はとりあえず、戸棚にあった冷えピタを彼女のおでこに貼ってみた。そうしてベッドに横になる彼女の肩に毛布をかけ直してから、なにか食べられそうなものはあるかと訊ねてみると、

「なんか、ゼリー系とか……あとシャーベットのアイス、できればレモンの……」

今にも消え入りそうな声でそんなリクエストがあったので、スーパーの開店時間になると、俺は財布を持って外に出た。

自転車を飛ばし向かったいつものスーパーで、まつりに言われたゼリーやアイス、それと果物やスポーツドリンクなどを適当に買い込む。ゼリーはどれがいいのかよくわからなかったので、とりあえずいろんな種類を大量に買ってみた。

大きなレジ袋ふたつ分の荷物を抱えてアパートに帰ると、まつりはベッドで寝息を立てていた。

起こさないように気をつけながら、俺は買ってきたものを冷蔵庫にしまう。そうして部屋に戻ると、ベッドの横にしゃがんで、眠る彼女の顔を見てみた。

どうやらぐっすり眠っているらしく、すうすうと規則的な寝息が聞こえる。その表情が苦しげではないことにとりあえずほっとしたけれど、目元や頬ははっきりと赤く、いかにも病人のそれだった。

……大丈夫なんだろうか。

そんな彼女の顔を見ているうちに、ふと不安が込み上げてくる。

まつりは寝れば治るとか言っていたけれど。三十八度もあるならだいぶ高熱だし、たぶん相当しんどいはずだ。病院に連れていったりしなくていいのだろうか。それとも薬とか買ってきて飲ませたほうがいいのだろうか。ひとりで病人の看病なんてするのははじめてで、いまいち勝手がわからない。

とりあえず触れてみたおでこの冷えピタがぬるくなっていたので、貼りかえようと彼女の前髪を軽くかき上げたときだった。

ふと彼女の瞼が痙攣《けいれん》するように動いた。そうして小さく身じろぎをしたあとで、ゆっくりとその目が開いて、

「あ、ごめん起きた？」

「……ん」

声をかけると、起き抜けのぼんやりとした目で、まつりは短くまばたきをした。まだ半分寝ているような目で、ぼうっと天井を眺める彼女に、

「まつりの言ってたゼリーとかアイスとか買ってきたけど。なんか食べれそう？」

訊ねてみても、ん、というなんとも曖昧な声だけが返ってくる。こちらを向いた彼女の視線もいまいち焦点が合っていなくて、とりあえずスポーツドリンクでも持ってこようと思い、立ち上がりかけたときだった。

「──陽ちゃん」

ふいに掠れた声がすると同時に、ぱっと手首をつかまれた。

驚いて目をやると、毛布から伸びたまつりの手が、引き留めるように俺の手を握っていて、

「え、どうし」

「図書館」

「へ」

「今日は、行かないでね」

唐突に出てきたその単語に、俺は一瞬きょとんとする。まつりの顔を見ると、まだぼんやりとした目でこちらを見上げる彼女と目が合って、

「……いや、そりゃ行かないけど」

言われなくても、最初から行く気なんてなかった。さすがにこの状態のまつりをひとり置いていくほど薄情ではないし、それがなくとも、もともと今日は図書館には行かない予定だった。

図書館での勉強が毎回かなりはかどるおかげで、高校から出された宿題はすでにあらかた終わっていた。まだ二週間近くの猶予を残して夏休みの宿題を終えるなんて、俺の人生ではじめてのことだった。

それでもここ数日は鹿野くん探しのために図書館通いを続けていたけれど、昨日無事目的も達成され、その必要もなくなった。つまり今はもう、図書館に通う理由がない。

——あ、そっか。

そこまで考えたところで、俺はふいに気づく。

そういえば今はもう、なくなったのだと。

昨夜のうちに、まつりは俺が撮った写真を鹿野くんへ送っていた。『まこっちゃんを傷つけたらぜったい許さないからね』という短いメッセージといっしょに。

それを見た鹿野くんがどんな判断を下したのかは知らない。送るだけ送りつけて、『あとはふたりの問題だから』と、まつりはそれ以上関与しないつもりらしかった。是が非でもふたりを別れさせたかったというわけではなく、鹿野くんの浮気を糾弾《きゅうだん》できれば、それでよかったらしい。

だからここで、まつりの復讐は終わった。

そしてそれが終わったということは、俺が今この場所にいる理由も、なくなったということだった。

思えばずいぶん長いこと居候してしまったけれど、さすがにこのあたりが潮時だったのかもしれない。あと二週間もすれば、夏休みも終わる。今なら実家に帰ったとしても、そこまでうっとうしがられることはないはずだ、きっと。

「ごめんね、陽ちゃん」

考えていると急に現実が戻ってきたような気がして、つかの間息が詰まったときだった。あいかわらず俺の手を握ったまま、まつりがぽつんと呟いて、

「ほんとはね、どうでもよかったんだ」

「え？　なにが」

「復讐」

「……へ？」

話の流れがわからず、ぽかんとして彼女の顔を見る俺に、

「鹿野くんのことはなんとも思ってないし、まこっちゃんともそんなすごい仲良しってわけでもないし。一回好きって言ったくせにあっさり乗り換えられたのはむかついたけど、べつにそこまで、なんとしても復讐してやりたいなんて思ってたほどじゃなくて」

まつりは目を閉じると、もう片方の手を自分の額に載せた。「ただね」そうしてそこで、浅い呼吸をひとつ挟んでから、

「口実がね、欲しかっただけなの。陽ちゃんに、この家にいてもらうための」

俺は黙って彼女の顔を見ていた。

とっさになにを言えばいいのか、わからなかった。

ただ脳裏に、はじめて会った日の彼女の姿が浮かぶ。やけに強引に俺をアパートまで連れていって、躊躇《ちゅうちょ》する俺を部屋へ引っ張り込んだ、あの日の彼女。

「……なんで」

いやに必死だったその顔を思い出しながら、ふと当惑した声がこぼれた。

「なんで、そこまでして……」

「寂しかったから」

それにまつりもまた、こぼれ落ちるようにぽつんと呟く。ひどく無防備に投げ出された、子どもみたいな声だった。だからこそそれは、それだけは、うそ偽りのない本音だとわかった。

顔を隠すよう、額に置いていた手を目元へずらした彼女は、

「学校があるあいだはね、まだよかったんだよ。学校に行けば友だちと会えたから。だけど夏休みに入ったら、みんな受験勉強で忙しくて会えなくなるし。まぎらわすためにバイトははじめてたんだけど、やっぱり家に帰ったら誰もいないのとか寂しいなあって。誰かいてくれればいいのになあって思ってたら、ほんと、おあつらえ向きみたいな事情を抱えた男の子が急に現れるもんだから。これはなんとしてもつかまえなきゃって思って」

ね、だから。訥々《とつとつ》と言いながら、まつりは俺の手をつかむ手にぎゅっと力をこめると、

「これからも、ずっと、ここにいてよ」

その体温の高さがひどく鮮烈に胸をつき、つかの間、息が止まった。

「おかえり、って。これからもわたしに、そう言って」

熱に浮かされたようなその声は、だけど途方に暮れるほどに切実だった。

「わたしにごはん作って。それだけでいいから。お金はわたしが頑張って働いて、わたしが陽ちゃんのこと、養ってみせるから。お願い。……陽ちゃんに、ずっとここにいてほしい」

俺は言葉を失くしたまま、そんな彼女の顔を見ていた。

息が、うまく吸えなかった。

ただ固まってなにも言えずにいるうちに、やがて静かになった彼女の唇からは、また小さな寝息が漏れはじめる。それでも彼女の手はあいわらず俺の手をつかんだままで、俺は少し迷ったあとでその場に座り直した。

ほどこうと思えば、きっと簡単にほどけるぐらいの力だった。だけどなんとなくできなくて、俺は彼女が眠ったあともそうしていた。彼女と手をつないだまま、ずっとそこに座っていた。

さっき聞いた彼女の子どもみたいな声を、何度となく反芻しながら。

そのたびほんの少し、泣きたい気持ちになりながら。

――これからも、ずっと、ここにいてよ。

その言葉に、反射的に頷きたくなった自分に、気づいていた。

彼女を好きにはならないこと、と。あの日ルールを決めたはずなのに。

ずっとここで、まつりといっしょにいたい、なんて。

そんな途方もないことを、いつしか胸の奥のほうで願うようになっていた、自分に。

第四章　悪いこと

　自分で言っていたとおり、まつりは本当に一日で風邪を治した。

　とにかく朝からひたすら寝て、夕方目を覚ましたときには平熱に戻っていた彼女に俺が驚いていると、

「わたしはね、いつもこうやって自力で風邪治してきたんだよ」

　と、まつりはなぜかちょっとドヤ顔で笑っていた。

　いつも？　と彼女の言葉が頭の隅に引っかかったのは、しばらく経ったあとのことだった。

　すっかりいつもの調子を取り戻した彼女は、晩ごはんには大盛のきつねうどんをぺろりと平らげ、翌日にはいつもどおりバイトへ出かけていった。

「今日の晩ごはんはね、オムライスがいいな。よろしく、陽ちゃん！」

　と、当たり前のように俺にリクエストを言い置いてから。

　そして俺も当たり前のようにそれを了承して、言われたとおりスーパーへオムライスの材料を買いに行く。図書館で借りた料理本を参考にオムライスを作り、夕方、バイトから帰ってきたまつりといっしょにそれを食べる。いつものように、おいしいすごい天才、と興奮気味に褒めちぎってくれるまつりの向かい側で。

　食事とお風呂を済ませたあとは、まつりの好きなお笑い番組を爆笑しながらいっしょに観て、それが終わる十一時過ぎには床に就く。初日は慣れない床の硬さに背中

が痛くなったその寝床も、今ではすっかり身体になじんで、なんの問題もなく熟睡できるようになっている。

それぐらい長い時間を、気づけばこの部屋で過ごしてきた。

復讐が完了するまでのほんの短い期間だけ、という言い訳をしつつはじめた同居だったはずなのに。けっきょく三週間以上もそのまま、さらには復讐が終わった今ですら、俺はまだ彼女の部屋にいる。俺がこの部屋にいる理由なんて今はもうなにもないと、わかっているくせに。

ぜんぶ見ない振りをして、けっきょく俺はその後も、まつりの部屋で暮らし続けた。

もう三週間も経ったのだ。今更さらに二週間延びたところでたいして変わりはないだろうと、我ながら無理やりすぎる理由のつけ方で。

どんなに延ばそうとしても、どうせ終わりは明確に決まっている。夏休みが終わるまでの、あと二週間。どうせ、それまでなのだから。せめてそれまでは。――ここに、いたかった。

そのあいだに一度だけ、母親から電話がかかってきたことがある。

『久しぶり、元気にしてる？』

なんだかこちらが拍子抜けしてしまうほど、いつもどおりの口調でそうしゃべりだ

した母は、

『そういえば一度私からも、陽がお世話になってるそのお友だちに、ご挨拶しておかなきゃと思って。今いらっしゃる？』

「いや、今出かけてる。つーか大丈夫だよ、挨拶とか」

母とまつりが話しているところを想像しただけでたまらなくむず痒《がゆ》くなってきて、俺があわてて付け加えれば、

『でも一ヵ月も居候して、お世話かけてるわけでしょ。迷惑になったりしてない？』

「してないって」

……だいたい、誰に言われてここへ来ることになったと思っているんだ。

久しぶりに聞く母の声に、この町に来た初日のことを思い出してしまい、ふと喉元に苦いものが込み上げてくる。帰る場所がなく、世界中から弾き出されたような気分で、途方に暮れていたあの日のことを。

そうすると、喉を通る声がついつっけんどんなものになって、

「なに、用事ってそれだけ？」

『あ、うん。お友だちがいるならご挨拶しようと……』

「じゃあ、今いないからもう切るよ」

あ、と電話の向こうで母がまだなにか言いかけたのがわかったけれど、気づけば俺

は通話を切っていた。ほとんど衝動的だった。

さすがにひどい切り方だったことにはすぐに気づいて反省したけれど、かといってこちらからかけ直すことはできなかった。

母はたぶん、俺の様子を気にして電話してきてくれた。それを心の隅ではうれしいと思っているくせに、そんな気持ちとはべつのところで、意地を張っている自分もいた。

俺を家から追い出したくせに、と。いじけた子どもみたいに。

「ねえ陽ちゃん、明日なんだけどさ」

また一週間が過ぎ、ついに八月の最終週に入ってしまったある日のことだった。

ミネストローネをすくいながら、まつりがふと口を開いて、

「お昼の二時頃、家にいてもらえる？」

「いいけど」

彼女からごく自然に向けられた〝明日〟の話に、俺は無性にほっとしながら頷くと、

「なんで？」

「ちょっと荷物が届く予定になってて。買い物とか、明日はその時間だけ避けてもらえると助かります」

「わかった」

こちらは基本的に暇人なので、買い物の時間を調整するぐらいなんでもない。おそらく宅配便でも届くのだろうと思い、俺は軽く頷いた。

「ありがとう、よろしくね。あと明日は、晩ごはん作らなくていいよ」

「え、なんで」

「カレーが届く予定なの。わたしのね、大好きなカレー」

本当に大好きなのだろう、うれしそうに弾む声で、まつりはそう言って笑っていた。

翌日、言われたとおり買い物を早めに済ませて部屋で待っていると、二時を少し過ぎた頃にインターホンが鳴った。

俺は読んでいた料理本を置いて立ち上がり、玄関へ向かう。あまりに予告どおりの時間だったので、昨日まつりが言っていた〝荷物〟だとすぐにわかった。それ以外の可能性はよぎらなかった。だから俺はドアスコープを覗くこともなく、ドアを開けた。

「はーい」とただ宅配便を迎えるつもりしかない、顔と声で。

「え？　あ、こんにちは……？」

「……へ」

だからドアの向こうに立っていた思いがけない人物に、一瞬時が止まった。

麻の茶色いシャツに黒いロングスカートを穿いたその人も、思いがけない人物が現れたかのように目を見開いて、俺を見ていた。

スーパーの前で一度会ったまつりの母親だと思い出すのには、数秒かかった。

そして向こうもそうだったらしい。しばし無言で俺の顔を見つめたその人は、一拍置いてから、あ、と思い出したように声を上げると、

「まつりの彼氏くんかあ」

「え？　……あ、はい」

無遠慮に俺の顔を指さしながら呟いたまつりの母に、混乱しながらも俺は反射的に頷いていた。そういえばそういうことになっているんだったと、また数秒遅れて思い出しながら。

「あ、えと、こんにちは」

それからあわてて、俺がだいぶ時間差の挨拶を返せば、

「――ねえ、もしかして」

まつりの母はふとなにかに気づいたように、俺の顔から身体のほうへ視線をずらした。それにはっとして、俺も思わず自分の身体を見下ろす。

今着ているのは、家から持ってきたよれよれのTシャツとハーフパンツだった。宅配便を迎える予定でしかなかったから、もちろんわざわざ着替えたりはしていない。

どう頑張っても部屋着にしか見えないその格好に、まつりの母は勘付いたらしい。

「ここでまつりといっしょに住んでるの？」

急に訊ねられ、とっさにごまかすこともできなかった。

「え、あ……えっと」

思わず答えに迷って口ごもってしまい、それでもう肯定したようなものだった。

「ああ、いや、いいのいいの」

うろたえる俺を見てなにか察したように、まつりの母は顔の前で手を振ると、

「べつにまつりには、彼氏といっしょに住んじゃだめとか言ってないし。そのへんはもう、あの子にまかせてるから。ぜんぜん、彼氏といっしょに住んでるならそれはそれで。ていうか、むしろよかった」

「……よかった？」

「うん。女の子ひとりより彼氏もいっしょのほうがいいでしょ。なんか、もうあの子もすっかり大人になったんだなあって。これで安心した」

からっとした口調で笑う彼女に当惑していると、「これ」と彼女はぶら提げていた紺色のエコバッグをこちらへ差し出してきた。

「カレー作って持っていくねって、昨日まつりにメールしてたんだけど、ちょっと身体だるくて作れなくてさ。代わりにこれ持ってきた。高級なやつよ。よかったら、あ

とでまつりといっしょに食べてね」

「あ……ありがとうございます」

受け取って中を覗くと、レトルトのカレーが三箱入っているのが見えた。

カレーが届くのだと、昨日うれしそうに笑っていたまつりの顔が、ふいに脳裏に浮かぶ。

——わたしのね、大好きなカレー。

「じゃあまたね。今度、うちにも遊びにおいでね」

エコバッグを渡すと、まつりの母はそう言ってさっさと踵を返した。

最後までからっとしていたその笑顔や口調は、本当になにも気にしていないようだった。娘の部屋に住んでいる〝彼氏〟に対して、とくになにか訊ねることもなく、まつりの母はあっさり帰っていった。

俺はエコバッグを手になんとなく玄関に立ちつくしたまま、そんな彼女の背中を見送っていた。

寂しかったから、と。俺の手を握って呟いたあの日のまつりの声を、なぜか思い出しながら。

「今日お母さん来た？」

夕方、バイトから帰ってきたまつりの第一声は、それだった。

台所に立つ俺のもとへ早足に歩み寄りながら、妙に意気込んだ調子で訊ねてくる彼女に、

「来たけど」

と俺はちょっと気圧されながら頷いて、

「てか、お母さんが来るならそう教えといてよ。荷物って言うから、俺てっきりただの宅配便かと……」

「なんか言ってた？　お母さん」

文句を言いかけた俺をさえぎり、まつりは質問を重ねてくる。やけに真剣な口調だった。彼女を見ると、どこか緊張したような、だけどどこか期待するような目でじっと俺の顔を見つめる彼女と目が合って、

「……いや、べつに」

困惑しながら、俺は首を横に振る。

まつりがなにを訊きたがっているのかはよくわからなかった。だけどとにかく、まつりが期待する〝なにか〟を、まつりの母が間違いなく言わなかったということだけは、わかってしまった。

だってまつりの母が言っていたのは、ただ、

「カレー持ってきたから食べてね、とか、今度うちにも遊びに来てね、とか……それぐらい」

「陽ちゃんのことは？　なにか言ってなかった？」

「俺のこと？」

「ここでいっしょに住んでるの、とか」

間を置かず続いた質問に、ああ、と俺は相槌を打つ。

「それは訊かれたけど」と俺が返せば、

「それに対して、お母さんからなにか言われなかった？」

「なにかって」

「高校生で同棲《どうせい》してるの、とか。そんなのだめでしょ、みたいな」

「……いや、とくに」

訊いてくるまつりの表情には明らかに期待がにじんでいて、俺はますます困惑しながら返す。

俺もそう言われるかと思って、鉢合わせた瞬間はかなり緊張した。だけど実際、まつりの母から言われたのは、

「そのへんはまつりにまかせてるから、って。彼氏といっしょに住んでるならそれはそれで安心だって」

「それだけ？」

「うん」

それだけだった。俺も戸惑ったぐらいに、あっさりとした反応だった。

「……そっか」

伝えると、まつりの顔からふっと表情が消えた。

しばし無言で俺の顔を見つめたあとで、足元に視線を落とす。それから口元に無理やり押し出したような笑みを浮かべ、「そうだよね」となにかを確認するようにひとり頷いた。

「お母さんからしたら、むしろそのほうがいいのか」

「……まつり」

「ごめんね陽ちゃん、びっくりさせちゃって。さ、じゃあごはん食べよっか！」

口を開きかけた俺をさえぎるようにまつりはぱっと顔を上げると、いつもと同じ明るい口調に戻って笑った。そしてそれ以上なにか訊かれるのを避けるように早足で部屋へ入っていってしまい、話題はそこで断ち切られた。

「——あれ？」

まつりが声を上げたのは、着替えのために洗面所へ向かう途中、台所を通ったときだった。そこに鍋がないことに気づいたのだろう。「カレーは？」こちらを振り返り、彼女は不思議そうに訊ねてくる。

「今日、お母さん持ってきたでしょ？」

「……ああ、うん」

そこでまた昨日のまつりの笑顔を思い出して、少し胸が痛くなりながら、

「なんか、身体がだるくて作れなかったんだって。それで代わりに」

これ、と俺はまつりの母が持ってきたレトルトカレーを見せると、

「もらった。高級なやつなんだって」

「……あ、そうなんだ」

返ってきたまつりの声は、ひどく平坦だった。少し強張った顔で、彼女は俺の手にあるレトルトカレーを眺める。だけどまたすぐに、口元に押し出すような笑みを浮かべると、

「そうだよね、最近体調安定してないって言ってたし。でもそのカレーもおいしそう。よし、食べよ食べよ！」

明るい声で言って、洗面所のほうへ歩いていった。

まつりの母が持ってきたのは、『鹿児島《かごしま》黒豚カレー』『豚角煮カレー』『まろやかポークカレー』の三種類だった。それぞれ食べたいものを選んで温めてから、皿によ

そって食べはじめたところで、

「まつりのお母さんって、豚肉のカレーが好きなの？」

最初に見たときから気になっていた、そのだいぶ偏ったラインナップについて訊ねてみる。なんとなく俺の中にあるオーソドックスなカレーといえばビーフカレーだったから、すべて豚というのはめずらしく感じて。

まつりは、「ううん」と首を横に振って、

「お母さんがっていうか、わたしが。ビーフカレー苦手で、うちでは昔からカレーといえば豚肉なんだよね」

「……え、そうなん？」

「小さい頃に食べたビーフカレーの角切り肉が硬くて、それ以来なんか苦手になっちゃって」

さらっと答えたまつりの顔を、俺は思わず無言で見つめてしまった。俺が、この家でカレーを作った日のことを思い出して。

俺の中にあるカレーの肉といえば牛肉で、しかも角切り肉だったから、もちろんあの日も牛角切り肉を使った。しかもカレーをよそうとき、まつりの皿にかなり多めに肉を入れた気もする。彼女にたくさん肉を食べさせてやろうと、俺としては気を利かせたつもりだった。そうして大きめの角切り肉がゴロゴロと入ったカレーを、まつりに出した。

まつりはおいしいおいしいと言って、肉を残すこともなくきれいに完食していたけれど、じゃあ、あのとき本当は。

「――本当は、無理してたってこと？」

「え？」

「俺の作ったカレー、食べてたとき」

思わず強張った声をこぼした俺に、まつりは一瞬きょとんとした顔でこちらを見つめた。それから数秒置いてようやく気づいたのか、はっとしたように目を見張った。

「あ、違う違う。陽ちゃんのカレーはちゃんとおいしかったよ」

「でも牛の角切り肉入ってただろ」

そんなにいい肉を買ったわけでも長時間煮込んだわけでもなかったから、肉はわりと硬かった。俺でもちょっと硬いなと思ったぐらいだったから、硬い肉が苦手だというまつりはなおさらだったはずだ。

思えば料理を作るとき、俺は一度もまつりの好みを確認したことがなかった。出会ったばかりの彼女のことはまだなにも知らないのだから、本来なら、苦手なものはないかとなにより先に訊いておくべきだったのに。

一ヵ月も経ってから今更そんな初歩的なミスに気づいて、俺が愕然としていると、

「違うんだって。本当に、陽ちゃんの作ったカレーはおいしかったよ。ぜんぜん無理はしてなかったんだよ、あの日」

まつりは困った顔でスプーンを置くと、軽くこちらへ身を乗り出すようにして言った。

「そりゃお肉は角切り肉だったけど。でもそれも気にならないぐらいおいしかったの。たくさん食べたのも気を遣ったからとかじゃなくて、本当に食べたかったから食べたんだよ。わたしあの日ね、本当にもうめちゃくちゃうれしかったから。陽ちゃんがカレーを作ってくれて」

うれしかった、の部分にとくに力を込めて言葉を継いだまつりに、ふとあの日の彼女が脳裏に浮かぶ。たしかに心から喜んでくれていることはわかった、彼女の笑顔が。

「久しぶりだったから」

ぽつんと、カレー皿に視線を落としたまつりが、こぼれ落ちるように呟く。

「わたし料理できないし、ひとり暮らしはじめてからはバイト先のお弁当ばっかり食べてたから。ときどきお母さんがなにか作って持ってきてくれることもあったけど、お母さんも妊娠してからは体調悪くて、それもしばらくなくなってたし」

だからね、と噛みしめるような口調で彼女は続ける。

「あの日、久しぶりに食べた誰かが作ってくれた料理が、本当にめちゃくちゃ温かくて、おいしかったの。手が止まらなくて、自分でもびっくりするぐらいどんどん食べちゃった。本当に、無理してたとかじゃないよ」

そう言葉を結んだ彼女の口元には、薄い笑みが浮かんでいた。うつむいているので、見えるのはそれだけだった。

どこかほろ苦くも見えるその笑みに、ふいに胸の奥がぎしりと軋《きし》む。

――言いたいことが、ある気がした。

俺は、彼女に。伝えなければならない言葉をずっと伝えられずにいるような、そんな気がした。

だけどまた、俺はなにも言えなかった。なにを言えばいいのかわからなかった。目の前で顔をうつむかせる彼女を、ただ見ていることしか。

それからまた三日が経ち、そろそろここを出るための荷造りをぼちぼちとはじめていた頃だった。

その日は朝から分厚い雲が空を覆っていて、一日中薄暗かった。

雨はずっと降りそうで降らずにいたけれど、夕方、台所に立って肉じゃがを作っていたとき、ついに雨音が聞こえてきた。窓のほうへ行って外を見てみると、景色が白くにじむほどの激しい雨が降っていた。

まつりはまだ帰ってきていない。壁に掛けられた時計を見ると、六時半を回ろうとしているところだった。『今日は帰りに寄るところがあるから、ちょっと遅くなるね』と出かける前に彼女は言っていた。

……大丈夫だろうか。

あっという間に道路が水浸しになっていくのを眺めながら、俺はふと心配になる。まつり、傘はちゃんと持っているのだろうか。

考えてから、そういえば彼女が家を出る前に、『今日雨降るらしいから傘持っていったほうがいいよ』と自分が助言したことを思い出す。はいはーい、とまつりは頷いて、たしかに玄関に置かれている水色の傘を持っていった。それを思い出してとりあえず安堵しながら、窓から離れ、ふたたび台所に立ったときだった。

ガチャ、と玄関のドアが開く音がして、俺は振り返った。そこにまつりが立っているのが見え、おかえり、といつものように声を投げかけた。

けれど途中で、喉に詰まった。代わりに大きく目を見開き、え、と声をこぼす。

まつりが、ずぶ濡れだったから。

「まつり？」

ぎょっとして俺はコンロの火を止めると、あわてて彼女のもとへ駆け寄った。

見れば、彼女の手に持っていったはずの水色の傘はなく、「傘は？」と俺が驚いて

訊ねれば、

「……あれ？　どうしたんだろ」

「え」

「たぶんどこかに忘れてきちゃった。バイト先出るときは持ってた気がするから、実家かなあ」

そこではじめて気づいたように、自分の手元を見下ろしながらまつりが呟く。軽く首を傾げた彼女の髪から、水がしたたり落ちた。

そのぼんやりした返答に違和感を覚えながらも、俺はとりあえず洗面所へ走り、バスタオルを持ってきた。そうしてそれをまつりに渡すと、

「……実家に、行ってきたの？」

「うん」

さっきの彼女の言葉を拾って訊ねる。まつりはバスタオルで髪を拭きながら短く頷いた。あいかわらず、どこかぼんやりとした声だった。

まつりはそれきり黙り込んだ。顔を隠すように伏せたまま、黙々と身体の水滴を拭く。それからスニーカーといっしょに靴下も脱いで框《かまち》を上がると、

「ちょっと着替えてくるね。ついでにシャワーも浴びよっかな」

そう言ってタンスから適当に部屋着を引っ張り出し、足早に洗面所へ入っていった。

最後まで、俺と目を合わせることはなかった。

少して、ドアの向こうからシャワーの水音が聞こえてくる。

俺はなんとなくその場に立ちつくしたまま、ただぼうっとその音を聞いていた。胸がざわざわと波打っていて、気持ち悪かった。明らかに様子のおかしかったまつりの、かすかに青ざめて見えた顔色が、瞼の裏に浮かぶ。

……実家で、なにかあったのだろうか。

考えていると落ち着かなくなってきて、俺は台所に戻った。彼女になにか温かい飲み物でも用意しておこうと、お湯を沸かしはじめる。そのあいだも胸はずっとざわめいていて、ティーポットをつかもうとした指先が、かすかに震えた。

「お先しましたー」

そんな声とともにまつりが洗面所から出てきたのは、三十分近くが経ったあとだった。

洗面所の中でどこかのスイッチを切り替えたみたいに、その声はいつもどおりに戻っていた。まるで、さっきの出来事なんてなかったかのように。

カーキ色のTシャツとドット柄のハーフパンツに着替えた彼女は、タオルで髪を拭きながら、

「わあ、紅茶淹《い》れてくれたの!?　さすが陽ちゃん、気が利くー」

ローテーブルの上に用意していたマグカップに気づくなり、うれしそうな声を上げた。そのまま笑顔でテーブルの前に座り、湯気の立つカップを手に取る。そうして、ふーふーと息を吹きかけはじめた彼女の向かい側に、少し迷いながら俺も座ると、

「……まつり」

「うん？」

「実家で、なんかあったのか」

訊ねると、まつりは一瞬だけ息を吹きかけるのをやめた。けれど視線を上げることはなく、すぐに口元にへらりとした笑みを浮かべ、

「うん、ちょっとねー」

軽い調子でそれだけ言って、また唇をすぼめた。何度かふーふーを繰り返したあとで、カップに口をつける。だけどまだ熱かったのか、少し顔をしかめてからすぐに口を離した彼女に、

「……ちょっとって、なにが」

「引っ越すんだって。お母さんたち」

さらっと返された彼女の答えの意味が、とっさに理解できなかった。

え、と困惑した声で訊き返してしまった俺に、

「今お母さんたちが住んでる家、借家なんだけどね、けっこうボロくて狭いから。子どもが生まれるのに合わせて、もっと大きい家に引っ越すんだって。しかもこのまえちょうどいい建売の物件が見つかったから、もうそこに決めちゃったって。今日知ったからびっくりしちゃったよ、わたし」

「え、それは」

あいかわらずカップから目を上げないまま、淡々と告げるまつりの声を、俺はそこで思わずさえぎっていた。軽く身を乗り出した拍子に、お腹がテーブルにぶつかる。

「まつりもいっしょに、だよな？」

訊ねながら、答えはすでにわかっているような気がした。それでも語尾には、知らず知らず期待がにじんだ。そうであってほしいと、祈るように彼女の伏せられた目元をじっと見つめていた俺に、

「まさか」

まつりは唇の端から息を漏らすように笑って、短くそんな期待を切り捨てた。両手で包んだカップに目を落としたまま、平淡な声で返す。

「わたしは今までどおりひとり暮らしだよ、もちろん」

「でも、広い家に引っ越すんだろ？」

「そうだよ。生まれてくる赤ちゃんのために」

「だったら」

今がチャンスなのではないかと、俺はとっさに思った。生まれてくる赤ちゃんというのは、まつりの弟か妹にあたるわけで。つまり本来なら、当然まつりもいっしょに暮らすべき人間なわけで。

なんだかおかしなことになっている今の状況を、正すならこのタイミングなのではないかと思った。このタイミングで、本当はひとり暮らしが嫌なのだということをまつりがちゃんと母に伝えて、そうしてまた、彼女が家族といっしょに暮らせるようになれば。

そんな期待が、一気に胸の中でふくらんだのだけれど、

「無理だよ」

続けかけた俺の言葉をさえぎるように、まつりが言った。ひどくきっぱりとした、みじんも隙のない声だった。

「なんで」

「だって」

突っ返した彼女の表情が、そこでぐしゃりと歪む。同時に彼女の右手がゆるゆると上がって、顔を隠すように前髪に触れた。

「なかったもん、わたしの部屋」

「……え」

「新しい家に。お母さんたちの部屋と、生まれてくる赤ちゃんのための部屋しか、なかった」

放り出すようにまくし立てながら、まつりは前髪をぐしゃっと握りしめる。

そこからは、さっきまでの平淡さは跡形もなく押し流されていた。

「しかもね」かすかに上擦る声で続けた彼女の口元が、泣き笑いのように歪む。

「その家ね、わたしが来年から働く農協からはだいぶ遠いの。あそこから通勤なんて厳しいし、たぶん最初から、わたしがいっしょに暮らすことなんて考えてなかったんだよ、ぜんぜん。お母さんはもうこれからずっと、大好きな旦那さんと生まれてくる新しい子どもと、三人で暮らしていくつもりなんだなって。わたしは」

苦しげに語尾が震え、そこでいったん言葉が途切れた。

肩を揺らし、呼吸をひとつ挟む。そうしてふたたび、「わたしは」と口を開いた彼女の声は、もうほとんど涙声だった。

「もうお母さんの家族じゃなくて、これからもずっと、このまま、ひとりで暮らしていくんだなって。……今日、わかった」

絞り出すように言い切ると、まつりは抱えた膝に顔を伏せた。

肩が震え、やがて押し殺したような嗚咽《おえつ》が、雨音に混じって部屋に落ちてくる。

それに重なるように、耳元であの日のまつりの声が反響した。

——これからも、ずっと、ここにいてよ。

同時に、凍ったように動かない指先に、なにかが触れる。

それは記憶だった。

熱を出したまつりを、俺が看病した日。ベッドから俺の手をつかんだ彼女の熱い手のひらの感触が、ふいに温度を持ってよみがえってきた。

いや、よみがえってきたのではない。きっと本当はずっと、そこに残っていた。普段は必死に、意識しないようにしていただけで。

本当はあの瞬間からずっと、心はどうしようもなく、そこに捕らわれていた。

——これからも、ずっと、ここにいてよ。

そう言った彼女の手を、握り返せなかったことを。

「……じゃあ」

好きになってはいけないというルールに押しとどめられて、彼女に、伝えられなかったことを。

「俺と、いっしょに暮らしてよ」

俺が彼女にあげられる言葉なんて、どうせ最初から、それしか持っていなかったのに。

「……え」

ゆっくりと顔を上げたまつりが、涙に濡れた目で俺を見る。赤い目元にも涙の跡があって、なんだか小さな子どもみたいだった。大きく見開かれた瞳に、俺が映っているのが見える。

——おかえり、って。

その頼りない表情にまた、あの日の彼女の声が重なる。

——これからもわたしに、そう言って。

その声をたどるように、俺は言葉を継いだ。

「おかえりって、これからもまつりに言わせて。俺がごはんを作って、それをいっしょに食べて、寝る前いっしょにテレビ観てさ。そうやってこれからも、俺はまつりといっしょに暮らしたい」

言いながら、自分の言葉に胸が締めつけられる感覚がした。息が詰まる。自分が心の底からそう願っていることを、今更強く自覚した。

この一ヵ月、ずっと見てきたまつりの笑顔が、代わる代わる脳裏に浮かぶ。

おかえりと俺が出迎えるたび、ただいま、と笑う彼女の顔。俺の作った料理を食べながら、おいしい、と何度も繰り返す彼女の、幸せそうにほころぶ顔。

そのすべてがおそろしくかわいくて、そしてそのすべてに、俺がおそろしく救われていたことにも。

好きになってはいけない、なんて。そんな自制はもうとっくに、手遅れになってしまっていたことも。

だから。

「……ほん、とに？」

短い沈黙のあとだった。青ざめた彼女の唇が小さく震え、か細い声がこぼれた。

「陽ちゃん、これからもいっしょに、いてくれるの」

「うん」

そうしてなにかを探すように、じっと俺の目を覗き込んでくる彼女の目を、俺もできるだけまっすぐに見つめ返しながら、

「まつりがいいなら。俺は、そうしたい。ごめん、ルール破っちゃうこと言ってるけど。……俺はこれからも、まつりと、いっしょにいたい」

自分が相当恥ずかしいことを言っているのはわかっていた。それでも声は、驚くほどするりと喉を通り抜けていた。

今はただ、これをまつりに伝えたかった。まつりに伝わるなら、それでいいと思った。だから照れくささに視線を逃がしたくなるのを堪え、じっと彼女の目を見つめ続けた。少しでもこの切実さが、彼女へ届いてくれるように。

そんな俺の顔を、まつりもじっと見つめていた。固まったように薄く唇を開いたまま、瞬きもせずに。

やがて、青ざめていた彼女の頬が、ふっと、かすかに紅潮したように見えたときだった。いきなり、まつりが叩くような勢いでテーブルに手をついた。ばん、と音が鳴り、上にあったカップが揺れる。

それに驚いているあいだに彼女は立ち上がると、ローテーブルを回ってこちらへやってきた。え、と俺がまつりの顔を見上げようとした一瞬、視界が暗くなる。頬にTシャツのさらりとした感触が触れ、石鹸《せっけん》の匂いが鼻をかすめた。

「まつ——」

「陽ちゃん」

まつりのくぐもった声が、耳元で聞こえる。背中に回された彼女の手が、ぎゅっと俺のシャツを握りしめるのがわかった。

「ありがとう」突然の出来事に固まる俺の肩に顔を押しつけながら、彼女は呟く。その声と同じぐらい、触れた彼女の身体も震えていた。

「ありがとう、陽ちゃん」

噛みしめるような声で繰り返してから、「わたしも」と、また涙声になって彼女は続ける。

「ルール、破ってもいい？」

「え」

「わたしも」

そこでまつりは湿った吐息をひとつ挟んでから、

「陽ちゃんと、いっしょに、いたい」

「……うん」

「これからも、ずっと、いっしょがいい」

瞬間、心臓を握りしめられたみたいに息ができなくなって、気づけば、俺も彼女を強く抱きしめ返していた。

その身体が片腕にもあまるほど小さかったことをはじめて知って、またよけいに息が詰まる。瞼の裏が熱くなる。だけど今は泣いている場合ではないから、俺は強くまばたきをしてその熱を逃がした。

だって、まだ俺には、

「──よし」

やるべきことが、残っているから。

「じゃあ行こう」

「……ん？」

覚悟を決めた俺の声に、ワンテンポ遅れて、腕の中からは間の抜けた声が返ってくる。

「え、行くって」不思議そうに、彼女は俺の肩に埋めていた顔を上げると、

「どこに？」

「まつりの家」

「……へ？」

訊き返しながら急に身体を離したまつりは、わけがわからないという表情で俺を見た。「なにそれ」さっきまでの涙もどこか熱っぽい空気も、すっかり拭い取られたような怪訝そうな顔で、

「なにしに？」

「宣言」

「え？」

「行こう」

ますますぽかんとするまつりに告げて、俺はさっさと立ち上がる。

心はもう完全に決まっていた。さっきまつりが頷いてくれた、そのときに。

あっけにとられたように固まるまつりの手を取り、俺はもう一度「行こう」と繰り返す。まつりはまだ理解が追いつかないような顔をしていたが、かまわずその手を引

けば、つられるように立ち上がった。

外に出ると、雨は上がっていた。あたりの田んぼでは、いつも以上に大きな声でカエルが鳴いている。

そのうるさいぐらいの合唱に、よりいっそう背中を押されたような気がしながら、俺はすっかり乗り慣れたまつりの自転車にまたがる。

以前教えてもらった彼女の実家の場所なら、ちゃんと覚えていた。

水たまりがそこここにできたぬかるむ道を、後ろにまつりを乗せて走りだす。

まつりの実家の駐車場には、白い軽自動車が一台停まっていた。家の明かりも、ひと部屋だけついているのが見えた。

それを確認して俺は自転車を停めると、迷いなく玄関のインターホンを押す。

すぐに家の中から足音が聞こえてきて、隣でまつりが軽く身体を強張らせるのがわかった。

足音が近づいてくるとともに、「はーい」という声がドアの向こうから聞こえてくる。間違いなく、まつりの母の声だった。それを聞いて、思わず俺も少し身体を強張らせたとき、

「――わっ、なに？　どうしたの」

目の前のドアが開くなり、面食らったような声が飛んできた。

料理中だったのか紺色のエプロンをつけたまつりの母は、目を丸くして俺の顔とまつりの顔を順に見ながら、

「え？　なになに、なんかあった？」

心配そうに訊ねてくる彼女の目線が、ふっと俺たちの顔から身体へ下がる。

彼女の顔に困惑が浮かぶのを見て、俺はまた、自分が部屋着だということに遅れて気づいた。隣にいるまつりなんて、ほとんど寝間着だということにも。

「あの」

だけど今は、それについてなにか思う余裕はまったくなかった。だいぶ非常識な時間に、非常識な格好で訪問していることはわかっていたけれど。

まつりの母の顔を見るなり、胸から突き上げた言葉が、ただ押し出されるようにこぼれていた。

「ひとつ、訊きたいことがあって」

「え、なに」

「あなたは」

口に出そうとした言葉に、ふいに胸の奥が絞られるように痛む。

俺は奥歯を噛むと、身体の横でぐっと拳を握りしめながら、

「もうまつりと、いっしょに暮らす気はないんですか」

え、とまつりの母は不意を打たれたように目を丸くする。そうして俺を見つめ、何度かまばたきをしたあとで、

「……そりゃ、まあ」

ひどく困惑したような顔で、ゆっくりと口を開いた。

「そのほうがいいでしょ。子どもも生まれるし、いっしょに暮らすのも気まずいだろうし。まつりだってもう来年には社会人になるわけだから、自立したほうが」

「わかりました」

瞬間、強烈な不快感が胸をついて、気づけば俺はさえぎるように声を上げていた。

まつりのことを気遣うようで、どこか言い訳するようなその口調を聞いただけで、充分だった。まつりの言っていた、『察してよ』の意味が、そこで嫌になるほど理解できてしまって。

「だったら」もう一度強く拳を握りしめ、俺はまっすぐに彼女の顔を見る。

そうして一息に、告げた。

「俺がもらいます」

「……え」

「まつりのこと、もういらないんだったら」

できるだけ強く言い切りたかったのに、語尾は少し掠れてしまった。

それでもせめて、目線だけは逸らさないよう努めた。逸らしてはいけないと、強く思った。

「それを、言いに来ました」

まつりの母はぽかんとして、そんな俺の顔を見つめていた。なにを言われたのか、よくわからなかったみたいに。

だけど俺もそれ以上の言葉は持っていなくて、数秒、微妙な沈黙が流れたとき、

「──お母さん」

ふいに、まつりが口を開いた。

静かだけれど、不思議なほどはっきりと響く声だった。

「わたしね」

ちょっと驚いて隣を見ると、どこか泣きだしそうな表情で、だけどまっすぐに、母のほうを見据えるまつりがいた。

「ほんとは」そうして一度、彼女は強く唇を噛んでから、

「お母さんと、いっしょに暮らしたかったんだ」

「……え」

「あのね、ほんとは」

そこで軽く言葉を切ったまつりの指先が、ふっと俺の手に触れる。ほとんど無意識のような仕草だった。そうして俺の中指と人差し指を、彼女はどこか縋《すが》るように握りしめながら、

「わたしが黙って陽ちゃんといっしょに住んでるって知ったら、お母さん怒って、家に帰ってこいとか言うかなって、ちょっと期待してた。だけどお母さんが、それでいいって言うなら」

語尾がかすかに震え、同時に彼女の指先が震えるのも手のひらに伝わる。

それに思わず、俺も彼女の手を強く握り返したとき、

「わたし、そうするね。これからは、陽ちゃんといっしょに生きていく。わたしを大切にしてくれて、わたしも大切にしたいと思える人と。だから」

一瞬息が詰まったように、まつりが目を伏せる。

だけどすっと短く息を吸ってから、すぐにまた目を上げると、

「お母さんは、元気な赤ちゃんを生んでね！　それで新しい家族と、幸せになってください」

言い切った彼女の横顔に、小さく、だけどたしかに笑みが浮かぶ。

どこか清々《すがすが》しくも見えたその笑みに俺が驚いたとき、俺の手を握る彼女の手に、ぎゅっと力がこもった。

次の瞬間、まつりがいきなり踵を返した。そうして母の返事も待たず、俺の手をつかんで駆け出した。

突然のことに足がもつれそうになるのを俺はあわてて堪えながら、まつりに引っ張られるまま玄関を離れ、自転車のところまで走れば、

「さ、陽ちゃん帰ろ！」

さっさと自転車の後ろに乗ったまつりが、こちらを振り向いて笑う。まるで憑《つ》きものが落ちたかのような、朗らかな笑顔だった。

「ああ、なんかすっきりしたなあ」

重さは変わらないはずなのに、行きよりなぜかだいぶ軽く感じるペダルを漕いでいると、後ろから、まつりの本当にすっきりした感じの声が聞こえてくる。

「言っちゃえば、なんか、なんてことない一言だったな。なんで今まではそんなことも言えずにいたんだろ。今思うとバカみたいだな、わたし」

俺がなにも言わずとも、まつりはずっと勝手にひとりでしゃべり続けていた。終始テンション高く、弾んだ声で。

けっきょくアパートにたどり着いても、そのテンションはまったく沈むことはなく、

「ねえねえ、陽ちゃん」

「うん？」

玄関の鍵を開けて中に入ったところで、ふと思いついたようにまつりに呼ばれた。

振り向くと、いたずらっぽく目を細めた彼女と目が合う。

「あのね」声を弾ませた彼女は、明らかに浮き立った今のテンションを持て余した様子で、

「やっぱりさ、今からちょっと出かけようよ」

「今から？」

壁に掛けられた時計へ目をやると、時間はもう九時を回ろうとしているところだった。当然外は真っ暗だし、たしかこのあたりだと電車もそろそろ終電を迎える時間だ。

それでもまつりは楽しそうに、うん、と大きく頷いて、

「ちょっとさ、夜遊びしよう。はじめての」

「夜遊び？」

訊き返しながらも、お腹のあたりがどうしようもなく高揚でざわめいていることに気づいていた。たぶん今は俺も、まつりに負けないぐらいテンションがハイになってしまっていることも。

だから、

「なんかね、今無性に、なにか悪いことがしたいの。ね、しようよ陽ちゃん、いっしょに」

心底楽しそうにそう言って笑ったまつりに、平静ならぜったいに頷かないであろうそんな誘いに、気づけば俺はふたつ返事で頷いてしまっていた。

第五章　夏の終わり

「やっぱり夜遊びといえばー、これかなって！」

そう言ってまつりがうきうきとクローゼットから出してきたのは、袋に入った手持ち花火のセットだった。『おうち花火デラックス』という大きな文字が、派手な配色で並んでいる。

「なんで花火が常備してあんの」

ずいぶん奥のほうから引っ張り出されたそれに、俺が驚いて訊ねると、

「去年の夏の終わりにね、特売になってたから買ってたんだ。でもやる機会なくて、すっかり忘れてた。せっかくだし、今年の夏が終わる前にやっちゃおう！」

まつりは寝間着からふたたび黒いTシャツとデニムのショートパンツに着替え、俺もジーンズに穿き替えると、花火を持って外に出た。

そうしてまつりに促されるまま、自転車に乗って走りだしたはいいものの、

「で、けっきょくどこに行くの」

あいかわらずカエルの声だけが響き渡る真っ暗な道を走りながら、後ろのまつりに訊ねてみる。まつりの中でも決まっていなかったのか、んー、と彼女はしばし考え込むように声を漏らしてから、

「あ、『スーパーまつした』とか！」

「なんで。もう閉まってるだろ」

「だからだよ」

「は？」

「悪いことがしたいんだもん、今」

楽しげな笑いをにじませたその声に、ふと嫌な予感を覚えたとき、

「閉店後のスーパーに忍び込むの、映画で観てから憧れなんだよねえ、わたし」

「……いや、いやいやいや」

どうやら本当に、まつりはだいぶテンションがおかしくなっているらしい。

明らかに熱に浮かされているその発言に、俺のほうは急に冷静さが戻ってくるのを感じながら、

「だめだろ、それはさすがに。ふつうに犯罪だし捕まるし」

「そうかな？」

「そうだって。ちょっと冷静になってください」

悪いことがしたい、というまつりの言葉には正直少し惹かれてしまったけれど、ガチの犯罪まではさすがに想定していない。

できるだけ強めにきっぱりと却下すれば、うーん、とまつりはまたしばし考え込んでから、

「──あっ、じゃあさ、学校は？」

「学校？」

「うん。夜の学校に忍び込むのってさ、なんか昔から憧れじゃなかった？」

訊ねられて、今度はとっさに返事ができず黙ってしまった。

これも当然、さっきみたいに、迷いなく却下すべきなのはわかっていた。ふつうに不法侵入だし、スーパーほどではなくとも、見つかれば当然問題にはなるだろうし。頭では、ちゃんと理解していた。していたのに、それでも彼女の口にしたその単語に、とてつもなく心が揺れた。

──夜の、学校。

「……憧れ、だったかも」

「でしょ！」

思わずこぼれた呟きに、まつりが弾んだ声を上げる。そうして俺のお腹に手を回すと、うれしそうにぎゅっと身体を寄せながら、

「ね、じゃあ行こうよ。わたしの通ってた中学校が、自転車で行ける距離にあるんだよね」

ああ、だめだ。

その体温と柔らかさによりいっそう頭の芯がぐらりと揺れるのを感じながら、俺は放り出すように思う。

さっきは一瞬、冷静さを取り戻せたような気がしていたけれど。

実際はぜんぜんまともな判断ができていないことを自覚しながら、それでもまつりに案内されるまま、俺は中学校への道を進んでいた。

二十分ほど走ってたどり着いたまつりの母校は、俺の予想よりずっと大きかった。

あたりを田んぼに囲まれたコンクリート造りの校舎は三階建てで、見た目は俺の通っていた中学校とも大差ない。町の規模や雰囲気から、勝手にこぢんまりとした木造校舎をイメージしてしまっていたから、けっこう驚いた。

なんでもこの町にある唯一の中学校で、この町の中学生全員がここに通うらしい。だから田舎のわりに生徒数は多いのだと、道中まつりが教えてくれた。

門扉はもちろん閉まっていたので、よじ登って上を乗り越えた。そしてそこから伸びる石畳を進んで校舎に近づいたところで、あれ、とまつりが声をこぼす。

俺もすぐに気づいた。当然無人だと思っていた校舎に、ひとつ明かりが漏れている窓があった。一階の真ん中あたりの窓だった。

「あそこ、たしか職員室だ」

目を細めてそちらを眺めながら、思い出したようにまつりが呟く。

「誰か先生が来てるのかな」

「夏休みなのに？」

「でもなんか先生たちって、夏休みのあいだもぜんぜん休みじゃないって聞いたことあるよ。もうすぐ二学期はじまるし、その準備とかで忙しいのかも」

ああ、と俺はすぐに納得して相槌を打つ。たしかにそれは聞いたことがあった。小学生の頃、仲のよかった担任の先生に、『明日からの夏休み、先生はなにするの』と訊ねてみたら、『先生は夏休みなんてありません』とどこか遠い目をして答えられたのをなんとなく覚えている。

「どうする？」

俺のほうは、当然無人の校舎に忍び込む想定でしか来ていなかった。だからまさかの事態に思いきり尻込みして、気弱な声で訊ねたのだけれど、

「もちろん行くよ？」

まつりからは一秒も間を置くことなく、そんな力強い答えが返された。

え、と俺が驚いているあいだに、彼女はさっさと昇降口のほうへ歩いていく。そうしてガラスのはめ込まれた大きな扉を、当然のように開けようとしていた。

だけどさすがに鍵が閉まっていたのか、扉はかすかに揺れただけで、

「あー、やっぱりここはだめか。先生たちが使ってる昇降口のほうから行こう」

とあっさり告げて踵を返すと、また迷いのない足取りでさっさと歩きだした。

中に人がいるようなので当然といえば当然だけれど、校舎の裏手にあった職員用昇降口は開いていた。

「やった。ちょうど誰かいるときでラッキーだったねえ」

なんて能天気に喜びながら、当然のようにそこから入ろうとするまつりの手首を、

「ちょ、待った」と俺は思わずつかんで引き止める。

「その、中にいる誰かに、もし見つかったらどうすんの」

さすがに人がいることがわかっている校舎に忍び込むのは、とてつもなく抵抗があった。

自分たちはこの中学の生徒ではない。まつりはともかく、俺なんて卒業生ですらない。もし今中にいる誰かに見つかったなら、うまく逃げられそうな言い訳なんてひとつも浮かばない。

「だいじょぶだいじょぶ」

だけどまつりのほうはみじんも怯んだ様子はなく、飄々《ひょうひょう》と手を振る。

「電気がついてるの職員室だけだし、その近くは通らないようにすれば。万が一見つかっちゃったとしてもさ、逃げればいいんだよ。わたし、こう見えてめっちゃ足速いよ」

「いや、でも」

「なんだ陽ちゃん、そんな怖いの？　案外怖がりやさんなんだあ」

それでも尻込みする俺に、まつりがふといたずらっぽく目を細めて微笑む。

どう見ても安い挑発だったのに、それでも子どもをからかうようなその口調と表情が妙にお姉さん然としていて、うっかり頭に血が上った。こっ、と声がこぼれる。

「怖くねーし」

思わず小学生みたいな反論が口をついて、直後に後悔した。

「そっかあ」まつりはますます目を細め、してやったりという顔で笑う。そうして彼女の手首から離れた俺の手を、逆に彼女のほうからぎゅっと握りながら、

「じゃあ大丈夫だね。行こっか、陽ちゃん」

満面の笑みでそう言うと、存外に強い力で俺の手を引いて歩きだした。

夜の学校は、想像していたほど真っ暗ではなかった。ところどころで光る非常灯や窓から差し込む月明りに、長い廊下はうっすらと照らされている。スマホのライトで足元さえ照らせば、問題なく歩くことができるぐらいの視界だった。

「こっちだよ」

暗くとも校内の構造は覚えているようで、まつりは小声でささやきながら、なんとも頼もしい足取りで進んでいく。「ああ懐かしい」「あ、この剥製《はくせい》まだあるんだ」とか、

途中ぶつぶつとひとり言を呟きながら。

そんないたってのん気な様子のまつりとは違い、俺のほうはずっと戦々恐々としていた。いつ廊下の向こうから懐中電灯の光がこちらを照らしてくるかと、角を曲がるたび気が気ではなかった。

窓の閉め切られた校舎内はさすがに蒸し暑く、こめかみを汗が伝う。シャツもすでにしっとりと湿っていた。

いちおう足音は極力立てないよう気をつけながら、慎重に廊下を進んでいく。

そうしてまつりに案内されるまま階段を三階まで上がり、長い廊下をふたたび歩きはじめてしばらくしたとき、

「あっ、ここだ」

ふいにまつりが声を上げ、足元を照らしていたスマホのライトを上に向けた。

彼女が足を止めていたのは、ある教室の前だった。彼女のスマホに照らされた先には、『三年三組』と書かれた白いプレートが見える。

「わたしね、中三のとき、このクラスだったんだ」

どうやらまつりは、ここを目指していたらしい。ようやくたどり着いたその教室の戸を、彼女は説明しながらうれしそうに開ける。そしてまた、「ああ懐かしい」と何度目になるかわからない感嘆の声をこぼした。

大きな窓が月明りを取り込む教室内は、廊下よりもさらに明るかった。スマホのライトを消しても、机や黒板、後ろに貼られた掲示物の輪郭ぐらいは、なんとなく捉えることができる。

今通っている高校の教室より少し狭く感じるその教室は、もちろん俺にはなんの縁もゆかりもないのだけれど、なぜだか俺までちょっと懐かしい気分になっていると、

「席はねえ……あっ、ここ。ここだった！」

まつりは楽しそうに声を上げながら、窓際の後ろから二番目の席に駆け寄る。そして当然のように椅子を引いてそこに座ると、「陽ちゃん陽ちゃん」と手招きして俺を呼び寄せた。

「ね、陽ちゃんここに座って？」

そう言って自分の前の席を指さしてくる彼女に、促されるまま俺もその席に座る。

そうして身体ごと後ろを向いて、まつりと向き合うような姿勢になれば、

「うわあ、なんか変な感じだー」

まつりは肩を揺らして、なんだかくすぐったそうに笑った。

「なにが」

「陽ちゃんが、この教室にいるの」

「そりゃそうだ」

細かな部分が暗さに塗りつぶされたその笑顔は、なんとなく、はじめて会った日のまつりの笑顔と重なった。

あの日もこんな暗闇の中で、俺は彼女に出会った。

「実を言うとね」

そんなことを思い出して、うっかり感傷的な気分になっていたときだった。ふとまつりが、内緒話をするようなトーンで口を開いて、

「最初に会ったときから、わたし、陽ちゃんのことけっこういいなって思ってたんだよ」

え、と俺が驚いて彼女の顔を見ると、まつりは頬杖をついた両手に顎を載せて、じっとこちらを見ていた。

目が合うと、彼女はめずらしくちょっと照れたような笑顔になって、

「陽ちゃん、わざわざ電車降りてまで、わたしに落とし物届けてくれたでしょ」

「……まあ」

「あれ、すごいうれしかったんだ。それで自分は終電逃しちゃうのに、見ず知らずの他人の落とし物優先できるの、すごいなあって」

「いや、それ違うんだって」

思い出すようにしみじみと語るまつりに、俺のほうはもぞもぞとしたむず痒さが背

中を這い上がってくる。

「ただ知らなかっただけなんだよ。あれが終電だって」

「それでも、他人の落とし物届けるためにとっさに電車降りたんでしょ、陽ちゃんは」

「……それは、まあ」

「それってすごいよ。たぶん、誰でも当たり前にできることじゃないよ」

まっすぐに俺を見つめて言い切った彼女の声には力がこもっていて、彼女が本当に、そう思ってくれていることがわかった。

それに一瞬息が詰まって、そして思い出す。

あの日もそうだった。ふたりでいっしょに行った図書館で。俺には料理の才能があると言い切った彼女も、こんなふうにまっすぐな目で、俺を見ていた。そうして取るに足らないと思っていた俺の長所をすくい上げて、照らしてくれた。

「……そう、なんかな」

そして彼女にそんなふうに言われると、本当にそうなのかもしれない、なんてすぐに思えてしまう俺は、たぶんだいぶ単純なのだろう。

「そうなんです」

まつりは俺の呟きに深々と頷いてから、「だからね」と真剣なトーンで続ける。

「陽ちゃんに、家に来てほしいって思ったんだよ、わたし」

「……え」

「陽ちゃんだったから、信用できるって思ったの。べつに誰彼構わず、家出少年見つけたら家に連れて帰ろうとか思ってたわけじゃないからね。陽ちゃんがそんなふうに勘違いしてたらいけないと思って」

後半は急に早口になって付け加えてから、まつりはふいっと俺から視線を逸らし、窓の外へ向けた。暗い中でも、月明りに照らされたその頬が、ほんの少し赤いように見えた。

「……え、じゃあなんで」

「うん？」

「なんで初日に、あんなルール決めたの」

ふとよぎった疑問を訊ねると、まつりがきょとんとした顔でまばたきをしたので、

「ほら、好きにはならないこと、とか」

初日にあれを言われたことで、こちらとしては彼女にとって完全に対象外なのだと突きつけられた気がしたのだ。地味にショックだったので、今でもはっきりと覚えている。なのに今更、実は最初から気になっていた、なんて。

俺が首を捻っていると、ああ、とまつりは思い出したように呟いて、

「警戒されちゃうかなと思って」

「は？」

「ほら、最初から下心があるようなこと言っちゃうと、陽ちゃん、怖がって出ていっちゃうかもしれないじゃん。だから安心してもらうために、あえてこちらから恋愛禁止を持ち出してみたというわけです」

「……あ、じゃあまさか」

照れたようにもごもごと言葉を並べるまつりに、ふと彼女が持ち出したふたつ目のルールについても思い出す。

「あの、まつりより先に寝ないっていうのも？」

「そうそう。わたしのほうが先に寝るってルールで決めておけば、陽ちゃん、わたしに寝込みを襲われる心配しなくて済むでしょ？　まあ、おかげでわたしは寝る間際まで陽ちゃんとおしゃべりできることになったし、我ながらナイスなルールだったなと思ってましたよ」

なんだそりゃ、とあきれて呟く俺に、えへへ、とまつりははにかみながら指先で頬をかく。それから顔を逸らすようにまた窓のほうを向くと、

「……暑いね、この教室」

ふいにぼそっと呟いたかと思うと、おもむろに窓の鍵を開けはじめた。

「ちょ、開けたらまずいだろ」

「なんで？」

「窓開いてんの見つけたら、先生がここ覗きに来るかも」

「大丈夫だよ。この窓中庭に面してるし。たぶん気づかないよ」

あいかわらず能天気に笑うと、まつりは制止も聞かずさっさと窓を開ける。途端、夜風がふわりとカーテンを揺らしながら吹き込んできて、けっきょく俺もすぐに、まあいいか、と思ってしまった。

風が心地よく頬を撫でていく。ひどく涼しく感じたその温度に、いつの間にか俺の頬にもだいぶ熱が上っていたことに、そこで気づいた。

「わたしね」

しばし窓の外を眺めていたまつりの視線が、教室のほうへ戻ってくる。そうして懐かしそうに目を細めながら、今度は前方の黒板を見つめると、

「中三の頃ね、この席で毎日必死に勉強してたの。というか勉強しかしてなかったな、中三では」

「しか？」

「うん。もうね、ガリ勉ってやつよ。とにかく必死だったの、あの頃」

ガリ勉、と俺は口の中で繰り返す。今のまつりからはあまりピンとこないその単語に、ふと眉を寄せると、

「なんでそんなに？」

「そりゃあ、瀧坂高校に行きたかったからね」

言われて、そういえば彼女は瀧坂生だったのだと、今更なことを思い出した。かなり広く名の知れた、あの名門進学校の。瀧坂高校に合格するためには、そりゃ必死に勉強する必要があっただろう。

そこまで思い至ったところで、だけど、とも思う。最初にまつりから瀧坂高校に通っていると聞いたときも、頭の隅をよぎった疑問だった。

「……なんで、まつりはさ」

「うん？」

「そこまでして、瀧坂高校に行きたかったの」

まつりは、高校卒業後は農協で働くと言っていた。高校在学中に決めたわけではなく、もともとそのつもりだった、とも。だったらなんのために、筋金入りの進学校である瀧坂高校を選んだのか。

以前軽く訊ねたときは、ただこのあたりでいちばんランクの高い高校に行きたかったただけだと、まつりは答えていた。あまり釈然とはしなかったけれど、まったく理解できない答えではなかったし、そのときはそれでのみ込んでしまったけれど。

だけどそのために必死で勉強していた、というまつりの言葉を聞いたら、またどう

しても疑問が湧いてきて、

「まつり、大学に行く気はなかったんだろ？」

「うん、まったく」

「じゃあなんで、そんな必死に勉強してまで、瀧坂に」

疑問をそのまま訊ねると、ふっとまつりは目を伏せた。

ほんの少しだけ、ためらうような間があった。だけどすぐに、彼女は口元にほろ苦い笑みを浮かべ、

「お母さんの母校だから」

「え」

「瀧坂高校。わたしのお母さんも通ってたの。お母さん、それが誇りみたいでしょっちゅうわたしに自慢してて。だからわたしも瀧坂行ったら、お母さん、すごい喜ぶだろうなあって思って」

俺は思わず言葉に詰まって、ただ、まつりの伏せられた目元を見つめていた。

なぜだかそのとき、見たこともない中学時代のまつりの姿が、瞼の裏に浮かんだ。

この席に座って、まっすぐに黒板を見据える真剣な眼差し。机の上にはびっしりと板書を書き写したノートがあって、シャーペンを握る右手は絶えず動いている。必死にメモをとるその目は、ひどく前向きに輝いていた。瀧坂高校という、目標に向かっ

て。

「わたしねえ、ずっと、すっごい優等生だったんだよ」

俺がなにも言えずにいるあいだに、まつりは目を伏せたまま訥々と言葉を継いでいく。その口元にはあいかわらず、ほろ苦い微笑が浮かんでいる。

「小学校の頃から学級委員とか生徒会役員とかよくやってたし。そういうのやると、お母さんがすごい喜んでくれたから。物心ついた頃からなんとなく、うちのお母さんが他の友だちのお母さんより大変そうなのわかってたし、せめてわたしは手のかからない、〝いい子〟でいようって。それで高校卒業したらすぐ就職して、早く家計もいっしょに支えられるようになって。そうやってこれからも、お母さんとふたりで」

そこで一瞬、言葉が詰まったように途切れた。薄く開いた彼女の唇がかすかに震える。だけどすぐに、まつりはそこを一度強く噛みしめてから、すっと息を吸うと、

「ふたりでいっしょに、生きていくんだって。そう、思ってたな、あの頃は」

放り出すようなその声に、ぎしりと胸が軋む。目の奥が熱くなる。

その痛みに押されるまま、なにか言わなければと俺が口を開きかけたときだった。

「でもね」

それより一拍早く、ふいに声のトーンを上げると同時に、まつりがぱっと顔を上げて、

「もうそれ無理なんだって、今日わかったから。だからもう、やめることにしたの」

はっきりとした声で告げた彼女の顔は、笑っていた。さっきまでのほろ苦い微笑みとは違う、なにかを払い落としたような、すっきりとした笑みだった。

「……ああ」それにつられるよう、俺の顔にも笑みがにじむ。

そうしてふいに、腑に落ちた。

だから。

「だから、〝なんか悪いことがしたい〟のか」

「そのとおりです」

まつりは満足げににんまりと笑って、顔の横で人差し指を立てると、

「というわけで、次に行きますか」

「次って？」

「夜遊び」

言いながらまつりは弾む足取りで立ち上がると、心底楽しそうな笑顔で俺の手を引いて、

「しにいこ、次の悪いこと！」

中学校を出た俺たちは、近くの河川敷に移動した。

町中に比べ、川の近くは明らかに涼しかった。川のほうから吹いてくる風は湿り気を含んで、ちょっとひんやりするぐらいだ。

思えばここへ来たばかりの頃に比べて、夜や朝方の空気が涼しくなった気がする。日中盛んに鳴いている蝉の声も、アブラゼミのジリジリという声から、ツクツクボウシの特徴的な鳴き声にいつの間にか変わっていた。

昼間の強烈な日差しはあいかわらずだけれど、それでもじわじわと夏が終わりに近づいてきているのを、たしかに感じた。

近くに民家が一軒もない河川敷は、黒く塗りつぶしたかのように真っ暗だった。俺はスマホのライトで手元を照らしながら、花火セットの袋を開けた。

「わたしこれ！」とすぐに横からまつりの手が伸びてきて、花火を一本抜き取っていく。俺は鞄から着火ライターを取り出すと、その先端に火をつけてやった。

「うわあっ、すご！」

途端、そこから勢いよく黄金色の火花が噴き出す。真っ暗だった河川敷に、ぱっと光が灯る。

勢いに驚いたようにまつりは腕を少し伸ばしてから、暗闇の中に花火を掲げると、

「きれーい！」

眩《まばゆ》い火花越しに、オレンジ色に照らされたまつりの笑顔が見える。

それがはっとするほどきれいで、つかの間、息が止まった。

心臓を、ぎゅうっと思いきり握りしめられたみたいだった。鋭い痛みと息苦しさに襲われ、なぜだかそのとき、俺ははじめて強烈に実感した。一ヵ月以上も同じ屋根の下にいて、毎日見てきたはずなのに、今更。

まつりが本当に、きれいな女の子だということを。

「あれ、陽ちゃんはしないの？」

「え？　あ……する」

うっかり呼吸も忘れたまま、楽しそうに花火を見つめる彼女に目を奪われていたとき。ふいにまつりの視線がこちらへ流れてきて、俺はあわてて目を逸らした。

ごまかすように袋から適当に花火を取り出し、火をつける。途端、青色の光がシャワーのように噴き出し、火薬の匂いが鼻をつく。

「きれいだねえ」

「……うん」

しみじみと呟くまつりに、俺はそんな短い相槌しか返せなかった。

速い鼓動が耳元で鳴っている。喉を絞めつけられるような息苦しさも、まだ続いている。

きれいだった。――本当に。

「そういえばわたし、小学生以来かもー。花火なんてするの」

花火の火が消えると、まつりはまたすぐに袋から新しい花火を取り出してきて、今度は自分で火をつけた。さっきとは違う赤い光が、ぱちぱちと弾けるようにあふれだす。

「陽ちゃんは？」

「俺もそうかも」

「久しぶりにやるといいもんだね。なんかすごい、夏って感じ」

「だな」

「ねえ」

まつりが言葉を継ぐと同時に俺の持っていた花火が終わって、うん、と訊き返しながら、ふっと視線を上げたときだった。まっすぐにこちらを見つめるまつりと目が合って、またそこで息が止まった。

「来年もいっしょにやろうね、花火」

その言葉は、ごく自然に彼女の口から発せられた。ふわりと頬をゆるませた、穏やかな笑みといっしょに。

それは呼吸も忘れるほど、きれいな光景だった。

彼女の手元では花火がぱちぱちと光を散らしていて、彼女の笑顔はその光にやわらかく縁どられていて。

夜の中にぼうっと浮かび上がるその笑顔こそ、花火みたいだった。泣きたくなるぐらいに美しくて、儚《はかな》かった。

「……うん」

やろう。俺が頷くと、まつりはうれしそうに笑って、またすぐに花火へ視線を戻す。あふれる光に、眩しそうに目を細める。

俺はずっと、そんな彼女から目を逸らせずにいた。目に焼きつけたくて、見つめ続けていた。

はじめて彼女に出会った日。あの日も、真っ暗闇の中にふいに現れた花火のように、鮮烈で眩しかった彼女の笑顔を、思い出しながら。

「……まつり」

「うん？」

「俺、明日帰るよ。地元に」

ゆっくりと告げると、まつりはこちらを振り向いて、俺の顔を見つめた。

言葉を咀嚼《そしゃく》してのみ込むような間のあとで、うん、と静かに頷く。

「もう夏休み終わるもんね」

「楽しかった、一ヵ月」

「わたしも」

「まつりに会えてよかった」

その言葉は考えるより先に、俺の口からすべり出ていた。どうしても今まつりに伝えたいと思った気持ちがそのまま、声になってあふれていた。

まつりはちょっと驚いたように目を見張ってから、やがてくしゃりとした笑顔になると、

「……うん。わたしも」

「またすぐ会いに来るから」

うん、とまつりははにかむように頷いて、

「あ、でも、わたしも陽ちゃんの住んでる街に行ってみたいなあ。すっごい都会なんでしょう」

「すっごいってほどではないけど。でもたしかに、今度はこっちで遊ぶのもいいかもな」

この町はこの町で、第一印象からは想像もできないほど魅力的だったけれど。

あの日見た曇り空の下のひまわり畑も、今日忍び込んだ夜の中学校も、この花火も。

きっと俺は、一生忘れられない。

「スタバとか本当にあるの？」

「スタバ？　あるけど」

「タワレコは？」

「あるよ」

「スイパラも？」

「行ったことないけど、あった気がする」

まつりの質問に、地元の街を思い浮かべながら答えていたら、ふいにかすかな恋しさが込み上げてきた。帰りたい、と。ここへ来てはじめて、地味だけれどたしかにそう思った。この場所が嫌になったわけではない。むしろ途方もなく愛おしく感じられるからこそ、そう思えたような気がした。

俺の答えに、うわあ、とまつりは興奮したように目を輝かせて、

「すっごい。なんでもあるじゃん」

「まあ、そういうのならひととおりはあるかも」

「決めた。わたし、今年のクリスマスは陽ちゃんの住んでる街に遊びに行く」

力強く宣言してから、「……あ、でも」とすぐになにか思い出したように彼女は眉を寄せると、

「クリスマスはわたし、陽ちゃんの手料理が食べたいんだよなあ。それならやっぱり、陽ちゃんにこっちに来てもらうほうがいいのかなあ」

ぶつぶつと呟きながら、真剣な表情で考え込みはじめた。どうやらまつりの中で、クリスマスをいっしょに過ごすこと自体は、すでに確定事項になっているらしい。

とはいえ俺のほうも異論はなかったので、「じゃあ」と袋の奥に残っていた線香花火の束を取り出しながら、

「これで決めるのは？」

「え？」

そのうちの一本をまつりに渡せば、彼女はきょとんとした顔でまばたきをした。

「どういうこと？」

「長く火が消えなかったほうが勝ち。クリスマス、これで勝ったほうが会いに行くってことで」

そこでようやく理解したらしいまつりは、「いいね！　そうしよう」と目を輝かせた。

さっそくそれぞれ線香花火を持ち、向かい合う形でしゃがむ。そうして二本の先端に俺が火をつければ、ぱちぱちと音を立てて、火花がふたつ弾けた。

「ね、陽ちゃん」

しだいに激しさを増すその火を見つめながら、まつりがぽつんと口を開く。

うん、と俺も手元に目を落としたまま訊き返せば、

「帰ったらさ、おうちでもごはん作ってみたら？　たぶん家族のみんなも喜ぶよ」

「……それ、俺も考えてた」

「え、ほんとに？」

「うん。帰ったら、作りたいなって」

料理をするようになって、わかったことがあった。母が毎日当たり前のように作っていた料理が、とても手間のかかるものだったということ。そして真似しようとしてもなかなかうまくいかないぐらい、おいしかったということ。

とくに俺が好きでよくリクエストするから、けっこうな頻度で食卓に並んでいた煮込みハンバーグが、たいへん面倒くさい料理だったということを知った。俺も一回挑戦してみたけれど、あまりに時間がかかるから嫌になって、作ったのはけっきょくその一回きりになってしまったぐらい。そんな料理を、母は毎回嫌な顔ひとつせず、作り続けてくれていたことを。

「みんな、ぜったいびっくりするだろうね。陽ちゃんがこんなに料理上手だって知ったら」

「どうかな。母さんのほうが、もっと圧倒的にうまいから」

「そうなの？」

「うん。ぜんぜん同じようには作れないなって、作るたび思ってた」

「じゃあ陽ちゃんの料理上手は、お母さんからの遺伝かな」

そんな会話をしているうちに、まつりの線香花火がぽとりと落ちた。あ、とふたり同時に声をこぼす。それから数秒遅れて、俺の花火も火種を落とした。

「陽ちゃんの勝ちだね」

「じゃあクリスマスは、俺が会いに行くってことで」

「残念……でもないか。それはそれでうれしいや」

まつりは笑ってふたたび線香花火を二本取り出すと、一本をこちらへ渡しながら、

「じゃあ次は、結婚するなら、新婚旅行の行き先かな」

「新婚旅行？」

「わたしはね、あの、なんか有名な湖のところがいいな。陽ちゃんは？」

「え？　えっと……じゃ、ハワイで」

そもそも『なんか有名な湖のところ』ってどこだ、とか思っているうちにまつりが花火に火をつけて、しかも今度は俺の花火が一瞬で落ちたので、新婚旅行はよくわからない『なんか有名な湖のところ』に行くことになった。

そんな調子で俺たちは次々に線香花火に火をつけ、いろんなことを決めていった。

結婚式は教会か神社か。自宅は戸建てかマンションか。ペットを飼うなら犬か猫か。部屋のインテリアは北欧風か西海岸風か。そんな途方もない夢みたいなことを、ふた

りであれこれ言い合いながら。

　ぜんぶ現実感なんてみじんもない、叶うかどうかもわからないようなことばかりだったけれど、それでよかった。夢物語でよかった。ただその約束があれば、俺たちはこれからも、生きていけそうな気がしたから。山のようにあった花火がなくなるまでずっと、そうしていた。縋るように、ふたりの〝これから〟の話を、たくさんした。

　このままこの夜が明けなければいいのに、なんて、願うことがないように。

　あと数時間後には否応なく訪れるそれぞれの明日を、ちゃんと、歩いていけるように。

第六章　花火みたいなきみに

　スーパーのレジ袋を提げて歩いていると、ポケットの中でスマホが震えた。

　見てみると、まつりからメッセージが届いていた。『見て見て！　今日のウルトラかわいいるぅちゃん』というハートマークが十個ぐらいついたメッセージとともに、もうすっかり見慣れた赤ん坊の写真が添付されている。

またかよ、とあきれて呟いた口の端には、それでも知らず知らず、笑みがにじむのを感じた。

　返信はあとですることにして、俺はまたスマホをポケットに入れる。それから首元のマフラーを、口元あたりまで巻き直した。

　冷たい風が頬に痛い。十二月に入り、空気は芯から冷たくなっていた。

　先月まつりの妹が生まれてからというもの、まつりからは毎日のように、こうして妹の写真が送られてくる。寝顔が大半で、ときどき泣き顔やきょとんとした真顔、このまえ奇跡的に捉えたという笑顔の写真は、なぜか意味もなく同じものが五枚も送られてきた。毎回、かわいいかわいいと、大量のハートマークつきで連呼しながら。

　夏休みが終わってからずっと、細々ながら毎日続けていたまつりとのやり取りは、妹が生まれて以降、完全に妹一色に染まった。メッセージの送られてくる頻度自体も跳ね上がり、さらにその大半に妹の写真が添えられるようになった。かわいすぎる、天使、もう食べちゃいたい、と。画面の向こうで悶《もだ》えるまつりの姿が想像できるような、ちょっと危ない文面といっしょに。

もともと距離のあったまつりと母親との関係に、今も目に見えるような変化はない。

子どもが生まれたことで母親たちは予定どおり新居へ引っ越したらしいし、まつりは今も変わらず、あのアパートでひとり暮らしている。

それでも先月生まれたひと回り以上も下の妹には、まつりはすっかり骨抜きにされているらしい。もっと複雑な感情を抱くものかと思っていたけれど、まつり曰く、『あのかわいさを見たらもうぜんぶ吹っ飛んだ』と。

母親はともかく妹には会いたいので実家にちょこちょこ顔を出しているらしいし、母親に頼んで妹の写真や動画を送ってもらったりもしているらしい。そしてその写真や動画が、『このかわいさ、ちょっとしんどくてひとりでは抱えきれない』となぜか俺にまで送られてくる。

あまりの頻度とテンションなのでちょっとうっとうしくはあるけれど、まつりがはしゃいでいる様子を見られるのはうれしかったし、安心した。

それともうひとつ、変化があったといえば、まつりは農協への就職をやめた。

『ひそかにわたし、アパレル関係の仕事に憧れてたんだよね』

電話口でそう言ったまつりの声は、ひどくさっぱりしていて、明るかった。

『でも家計を支えるためには安定した職に就いたほうがいいと思ってたし、家を出るっていう選択肢もなかったから。地元にある安定した職場ってことで、あんまり悩むこともなく農協に決めてたんだけどね。今はやっぱり、やりたい仕事に挑戦してみたいなって気持ちに変わってきてて』

「いいと思う、それで」

俺が一秒も迷うことなく返せば、まつりはうれしそうに笑っていた。

そうして数日後に、農協への就職を辞退したことと、あらためて就職活動をはじめたとの報告があった。さすがにあの町でアパレル関係の職はないらしく、来年、社会人になると同時に街へ出るのだと、まつりは明るい声で話していた。

家に帰り、台所で買ってきた食材をレジ袋から取り出していたときだった。ふいに足音がしたかと思うと、兄が二階から下りてきた。

冷蔵庫の前まで歩いてきた彼は、台所にいる俺に気づくと、

「なに、今日も陽が作んの？」

「うん。母さんが帰り遅いらしいから」

「ふうん」

兄は冷蔵庫からオロナミンCを取り出すと、ふとこちらへ歩いてきて、

「なに作んの？」

と俺の手元を覗き込んできた。

「餃子《ぎょうざ》」と俺は答える。

「大量に残ってるキャベツを消費してくれって、母さんに頼まれてるから」

「すげえなあ」

ぼそっと兄が呟いた言葉に、え、と思わず間の抜けた声がこぼれる。

兄のほうを見ると、彼は感心したように俺の手元に並ぶ具材を眺めながら、

「そういうの考えて、作る料理決めてんだ」

「……そりゃまあ」

「陽の料理、ふつうにうまいし。すげえよな」

もう一度しみじみと繰り返してから、兄は踵を返す。そうしてオロナミンCを手に台所を出ていく彼の背中を、俺はしばしぽかんと見送っていた。

はじめて言われた気がする兄からの『すごい』が、時間差で胸に染み入ってくるのを感じながら。

こっちに帰ってきてから、俺は本当に、ここでも料理をはじめた。

さすがに学校に通いながら毎日はきつかったので、母の仕事が忙しい日など、週に三日ほどだけれど。

作りたい、と最初に母に告げるときは気恥ずかしかったし、どんな反応をされるかと緊張もした。

けれど母はそう告げた俺の顔を見て、なにか察したみたいに、

「陽、向こうでなんかあった？」

「え」

「なんか帰ってきてから顔つきが違うっていうか、さっぱりした顔してるから。夏休み中になにかあったのかなって」

「……まあ」

あったといえば、それはもういろいろあった。

だけどまつりとのあれこれを話すのはさすがに恥ずかしくて、俺は少し迷ってから、

「居候先で、お世話になってる代わりに俺が晩ごはん作ったりしてて。そうしたら料理が思いのほか面白くて、ハマったというか」

俺の話を聞いた母は、「へえ」となぜかうれしそうな顔をしていた。それから、「よかった」と噛みしめるように呟いて、

「夏休み、楽しかったみたいで」

「……うん。まあ」

楽しかった、と続けようとした声は、だけど途中で喉に詰まった。

結果的に、充実した夏休みになったのは間違いないけれど。

それでも夏休みを向こうで過ごすことになった経緯を思い出すと、いまだにどうしてもモヤモヤした気持ちも込み上げてきてしまい、とっさにどう反応すればいいのかわからなくなっていたとき、

「ほんとよかった。なんか陽、最近うちにいるとき暗い顔してること多かったじゃない？　まあお兄ちゃんも受験でピリピリしてたし。陽もそのせいでしんどそうだったから、せめて夏休みのあいだぐらい、田舎でリフレッシュできたらって思って、お父さんとも話し合って決めたんだけど」

よかった、ともう一度やわらかな声で母が繰り返す。心の底からほっとしたような響きだった。

「陽が夏休み、楽しく過ごせたみたいで」

うれしそうに笑う母の顔を見つめたまま、俺はしばし固まっていた。

――この家にいると、陽も息が詰まるでしょう。

夏休み前、母に言われた言葉が耳の奥によみがえる。

あのときは、兄にとっての邪魔者を体よく追い出すための言葉にしか聞こえなかっ

た。家族が心配しているのは兄の大学受験だけで、俺のことなんて見てすらいないと思っていたから。

だけど。

――うちにいるとき暗い顔してること多かったじゃない？

――せめて夏休みのあいだぐらい、田舎でリフレッシュできたらって。

本当に、そうだったのだろうか。

本当に見えていなかったのは、どちらだったのだろう。

「……ありがと」

「ん？」

「なんか、その、気にかけてくれて」

当たり前でしょ、と母は本当に当たり前みたいに、からっとした顔で笑っていた。

『うわあいいなあ、今日の陽ちゃんちは餃子かあ』

電話の向こうで、まつりが心底うらやましそうな声を上げる。

『おいしそう。わたしも陽ちゃんの料理、また食べたいな』

本当に切実な調子で、この数ヵ月で何度聞いたかわからない台詞をこぼす彼女に、

「いや、明日食べれるじゃん」

と俺は苦笑しながら返した。

部屋の隅には、まつりに電話をかける前に準備したボストンバッグが置かれている。夏にも使った、青いボストンバッグが。

——明日。およそ半年ぶりに、俺はまつりに会いに行く。

別れる際には『またすぐに会いにいくから』なんてかっこつけた台詞を言っておいて、実際のところ片道数時間はとても気安く会いに行ける距離ではなくて、お互いのタイミングを計っていたら、けっきょくこの時期になってしまった。

『あっ、たしかにそうだ』

と俺の言葉にはっとしたように頷くまつりに、

「なにが食べたいか決めた？」

『あー、それがちょっとまだ迷ってて……』

「今、冷蔵庫にはなにか食材残ってんの？」

『うん、いろいろと。いつもうまく使いきれなくて、キャベツとかジャガイモとかちょこちょこ残っちゃってる』

「じゃあ明日、残ってるもの見てからなに作るか決めてもいいか」

まつりは最近、自炊をはじめたらしい。なんでも、『陽ちゃんの料理がどうしても恋しくなったから』と。

俺が夏に作った料理を再現してみようと頑張っているらしいが、なかなか思うような味にならないと、彼女はよく電話口でぼやいていた。

『やっぱり陽ちゃんは天才だったんだなって、しみじみ思ってますよ。最近』

「俺はレシピどおり作ってただけだって。どうせまつりは面倒くさがって、どっかの工程を省いてんだろ」

『たしかに小さじ一とかいちいち測るのは面倒だから目分量だけど』

「え、なに、計量すらしてないの？」

予想以上の省きように俺がぎょっとしていると、『まあとにかく』とまつりは小言を避けるようにさっさと話題を変えて、

『明日はやっと、正真正銘の陽ちゃんの料理が食べられるんだねえ』

「そうだな。楽しみにしときなさい」

『陽ちゃん、今は家でもよく作ってるってことは、当然夏よりさらに上達してるってことだよね。期待しとくね』

「いいよ、期待しとけ」

『ねえ陽ちゃん』

「なに」

『ほんとに、楽しみにしてるからね』

念を押すように重ねられた言葉に、はいはい、と俺は苦笑しながら頷く。

「頑張ります。失敗しないように」

『そうじゃなくて』

まつりはそこでふいにあらたまった声になって、

『明日、会えるの。楽しみにしてるね』

鼓膜を揺らした声に、スマホを当てていた耳朶《みみたぶ》が熱を帯びた。

ベッドに座っていた俺は、意味もなく姿勢を正す。そうして短く息を吸ってから、

「俺も」と返した。

「楽しみにしてる。……めちゃくちゃ」

車窓の外を、平坦な景色が流れていく。

夏にも見た景色だった。一面に広がる田んぼ、その向こうを流れる川、ぽつぽつとまばらに建っている民家。なんにもない、とあの日は絶望しながら眺めていたその景色。そこで待っているものを、あのときはまだ、なにも知らなかった。

——まつりに会ったらまず、なにから話そう。

電車に揺られながら、俺はぼんやり考える。それだけで胸がふくらんで、指先が甘く疼《うず》く。

お互いの近況なら、今までもしょっちゅう電話でもメッセージアプリでも話していたはずなのに。なぜだか、彼女に話したいことも彼女から聞きたいこともたくさん、たくさんあった。

——ああ、だけどなによりまず、彼女に料理を食べてほしい。

半年間作り続けてきて、きっとあの頃に比べれば、それなりに腕は上がったはずだから。

そしてそのあとで、彼女に話したい。この半年のあいだに見つけた、夢のことを。

あの日彼女が言ってくれた何気ない言葉を本気にしたなんて、少し恥ずかしいけれど。それでも料理を作るたび、もうどうしようもないほど固まっていくその気持ちを、無視することはできなくなっていたから。

そしてこれはぜったいに、まつりに、最初に伝えたいと思ったから。

車内アナウンスが流れ、窓の外に駅のホームが見えてくる。

そこに立つひとりの女の子の姿も、すぐに見つけた。

電車がしだいに減速し、止まる。そうして音を立てて開いたドアの向こう、彼女は待ち構えるように真正面に立っていた。

赤いダッフルコートに白いマフラーを巻いた彼女は、夏よりも少し髪が伸びたように見える。だけど俺と目を合わせた途端にぱっと弾けるように笑ったその顔は、あまりになにも変わらなくて、一気に時間が引き戻される感覚がした。

「──陽ちゃん！」

花火のような彼女に出会った、あの夏の日に。

END

あとがき

こんにちは、此見えこです。

このたびは数ある書籍の中から、『きみは僕の夜に閃く花火だった』をお手にとってくださり、ありがとうございます。

本を出していることを知人に打ち明けたとき、「本一冊分も文字を書けるなんてすごいね」と、思いがけないところを褒められて驚いたことがあります。

私にとって文章を書くのはただ楽しい行為で、本一冊分書くのも苦ではなかったのですが、そうではない人にとっては「すごい」と思ってもらえるようなことだったのだと、そのとき知りました。

私も学生時代は、本作の主人公のような劣等感に悩んだことがあります。

周りのすごい人たちと比べて、自分はなんの才能も持っていない、と感じたりもしました。

それでも小説を書くことだけは大好きで、ずっと楽しく書き続けてきたのですが、そんなふうに心から「好き」で「楽しい」と思えるものがあるというのは、かけがえのないことだと今は思います。

それが心から好きで、頑張ることを苦に感じないのなら、それは才能だと思います。もし今、あなたがそんな「好き」を持っているなら、どうかその「好き」を大事にしてほしいです。

最後に、担当編集さまをはじめ、この本の出版に携わってくださった皆さまに、心より感謝申し上げます。

そしてなにより、この本を読んでくださった皆さま。本当に本当にありがとうございます。

この本を手にとってくださったことで、少しでも温かく、前向きな気持ちになっていただけたなら幸せです。

またどこかでお会いできますように。

此見えこ

此見えこ先生へのファンレターのあて先
〒104-0031　東京都中央区京橋1-3-1　八重洲口大栄ビル7F
スターツ出版（株）書籍編集部 気付
此見えこ先生

きみは僕の夜に閃く花火だった

2023年10月28日　初版第１刷発行

著　者　　此見えこ　©Eko Konomi 2023

発 行 人　菊地修一
デザイン　カバー　長﨑綾（next door design）
　　　　　フォーマット　西村弘美
発 行 所　スターツ出版株式会社
　　　　　〒104-0031
　　　　　東京都中央区京橋1-3-1　八重洲口大栄ビル7F
　　　　　出版マーケティンググループ　TEL 03-6202-0386
　　　　　（ご注文等に関するお問い合わせ）
　　　　　URL　https://starts-pub.jp/
印 刷 所　大日本印刷株式会社

Printed in Japan

ISBN　978-4-8137-1494-1　C0193